Valentía para amar

Catherine Spencer

Bianca®

HARLEQUIN®

Editado por HARLEQUIN IBÉRICA, S.A.
Hermosilla, 21
28001 Madrid

VALENTÍA PARA AMAR, Nº 1573 - 9.3.05
Título original: The Moretti Marriage
Publicada originalmente por Mills & Boon®, Ltd., Londres.

I.S.B.N.: 84-671-2377-X
Depósito legal: B-3466-2005
Editor responsable: Luis Pugni
Composición: M.T. Color & Diseño, S.L.
C/. Colquide, 6 - portal 2-3º H. 28230 Las Rozas (Madrid)
Fotomecánica: PREIMPRESIÓN 2000
C/. Algorta, 33. 28019 Madrid
Impresión y encuadernación: LITOGRAFÍA ROSÉS, S.A.
C/. Energía, 11. 08850 Gavá (Barcelona)
Fecha impresion para Argentina:24.4.06
Distribuidor exclusivo para España: LOGISTA
Distribuidor para México: CODIPLYRSA
Distribuidores para Argentina: interior, BERTRAN, S.A.C. Vélez Sársfield, 1950. Cap. Fed./ Buenos Aires y Gran Buenos Aires, VACCARO SÁNCHEZ y Cía, S.A.
Distribuidor para Chile: DISTRIBUIDORA ALFA, S.A.

Capítulo 1

Viernes, 21 de agosto

LA LUZ del sol se reflejaba en la piscina y lanzaba sus destellos cambiantes al techo de la habitación. Otro caluroso día de un verano sin fin.

Eran más de las nueve cuando se despertó, dos horas más tarde de lo habitual. Había pasado la noche casi en vela, dando vueltas y vueltas en la cama, incapaz de dormir. Entonces, tumbada boca arriba, cubierta sólo por una sábana, Chloe Matheson repasó mentalmente el día que tenía por delante.

Pasaría la mañana en el bufete y se encontraría con Baron. Comida con Monica, su mejor amiga y dama de honor, para ir después a la prueba final de los vestidos de las dos. Más tarde, cita con el restaurador y una última consulta a su estilista. Por último, como broche de oro, cóctel en casa de su madre, donde se encontraba entonces, para conocer a los padres del novio, recién llegados de Ottawa.

¿Cómo se había convertido la sencilla ceremonia que habían planeado ella y Baron en el evento social de la temporada? ¿Cómo había crecido una lista de veinte selectos invitados hasta los ciento veinte que eran ahora?

Tenían que haberse fugado juntos, pero aquello no hubiera sido propio de dos personas como ella y Baron, demasiado sensibles y maduras como para actuar como Romeo y Julieta.

No, se dijo. No quería tener nada que ver con esos dos.

En la terraza, bajo su ventana, su madre Jacqueline y su abuela Charlotte desayunaban apaciblemente, y el zumbido de su charla mezclado con el aroma del café se coló por su ventana. Aunque no podía entender lo que decían, Chloe adivinó que hablaban de la boda; era el único tema de conversación de aquellos días.

–Estáis sacando las cosas de quicio –había protestado Chloe cuando las cosas habían empezado a escaparse de su control–. No es la primera vez, ni para Baron ni para mí.

–Si os queréis lo suficiente como para legalizar vuestra situación, entonces merece la pena –había sentenciado su madre–. Además, ninguna hija mía tendrá una boda sencilla y sosa mientras pueda permitirme lo contrario.

Entonces, en abril, cuando Baron se le declaró, Chloe pensó que no serviría de nada oponerse a ello. Ahora desearía haber sido más firme entonces, pero habían enviado las invitaciones hacía mes y medio y todas las habitaciones libres de la casa y de un hotel cercano ya estaban preparadas para los invitados que venían de fuera de la ciudad. Era demasiado tarde para echar el freno.

Miró la silueta de su cuerpo bajo la sábana: los huesos de la cadera prominentes, rodeando la depresión cóncava de su abdomen, los pechos tan planos que apenas se notaban...

–Éste es el legado que nos ha dejado el dar el pecho a nuestros hijos: unas tetas planas y vacías –había reído Monica el día que fueron a buscar vestidos de boda, antes de darse cuenta–. Lo siento, Chloe, lo había olvidado. No quería hacerte daño.

Chloe, sin embargo, nunca lo olvidaba, y volviéndose a mirar la fotografía que descansaba en la mesilla de noche, se encontró con los solemnes ojos oscuros de su hijo con dos meses de edad.

–Hola, ángel mío –susurró, con un nudo en la garganta.

Escaleras abajo, el teléfono empezó a sonar. Con un terrible esfuerzo, Chloe consiguió salir del terrible abismo de dolor que siempre parecía a punto de absorberla. Se besó la punta del dedo y lo colocó sobre la sonrisa infantil de su hijo antes de apartar las sábanas y dirigirse a la ducha.

Ni Jacqueline ni Charlotte la oyeron salir a la terraza veinte minutos después. Estaban demasiado ocupadas maquinando algo, tanto que cuando Chloe saludó, dieron un bote en sus asientos como si las hubieran pillado robando en una tienda.

–Cariño –exclamó su madre, a punto de volcar su taza de té–. Te has levantado por fin. Qué bien.

–No sé qué hay de excepcional en eso, madre –dijo ella, observando a las dos mujeres con desconfianza–. Es algo que todo el mundo hace en un momento u otro del día.

–Pero tienes un aspecto tan... descansado –añadió

su abuela, lo cual era una mentira flagrante, ya que Chloe era consciente de que nada hubiera podido disimular sus ojeras.

Estaban haciendo lo posible por parecer inocentes, como si aquélla fuera otra mañana más de la larga semana que quedaba antes de la boda.

–De acuerdo –dijo ella, sentándose a la mesa–. Soltadlo todo. ¿Qué está pasando aquí?

Ellas cruzaron una mirada antes de que su madre tomase la palabra.

–Bueno –dijo–, esta mañana tienes la prueba del vestido, la cita con el restaurador...

–Tengo muy claro lo que tengo que hacer, mamá –le informó Chloe–. Es tu agenda lo que me preocupa.

En el rostro de su abuela se dibujó una enorme sonrisa.

–Esta noche vienen los padres de Baron y queremos que todo sea perfecto –dijo poniendo unos arándanos en una copa de cristal para Chloe–. Después de todo, nunca hay una segunda oportunidad para dar una buena primera impresión.

–Exacto –dijo su madre, sirviéndole una taza de café–. No nos pongas esa cara.

–Estáis intentando acorralarme entre las dos –repuso Chloe, removiendo su café–. ¿Quién ha llamado por teléfono hace un rato?

–Nadie –dijo Jacqueline, justo un segundo antes de que Charlotte respondiera:

–La florista.

Chloe las miró con severidad.

–Si queréis, os puedo dejar solas un segundo para

que os pongáis de acuerdo en la historia que vais a contar.

–¡Eh!, deja de actuar como abogada –dijo su madre con un tono de voz que le decía que quería cambiar de tema–. No hemos cometido ningún delito, así que tómate los arándanos tranquilamente. He leído en algún lado que son muy buenos para la salud.

Pero las palabras que su abuela pronunció a continuación la hicieron sentirse mal cuando no había tomado más que una cucharada.

–Recuerda, cariño, que las cosas no siempre salen como esperamos. La vida a veces nos lleva por caminos extraños.

–¿Crees que no lo sé, abuela? –dijo ella en voz baja–. Creo que aprendí la lección del modo más horrible que se pueda imaginar.

–Claro que sí, preciosa, no pretendo abrir viejas heridas. Lo que intento decirte es que tu felicidad, tus elecciones, son lo más importante para nosotras. Sólo queremos lo mejor para ti.

«Elecciones»... sin duda, una extraña palabra, y más en aquel momento.

–Entonces tenéis que estar encantadas de que haya elegido a Baron, porque es lo mejor que me ha pasado en mucho tiempo.

–Si tú lo dices, Chloe.

–Así es, abuela. Me pregunto por qué no me crees.

–Tal vez –interrumpió su madre–, porque tú no demuestras ningún interés por esta boda. Nadie creería que tú eres la novia, Chloe. Cuando te casaste con Nico...

–Tenía veintidós años y era una tonta idealista.

–Tenías tantas ganas de convertirte en la *signora*

de Nico Moretti que casi llegaste corriendo al altar –Jacqueline cerró los ojos y dejó escapar un sentimental suspiro–. Recuerdo el velo flotando tras de ti. Tu felicidad era tan contagiosa que toda la iglesia estaba sonriendo cuando llegaste al altar. Todos comentaban lo radiante que estabas.

–Eran los nervios.

–Estabas tan enamorada... igual que Nico.

–Pues al final resultó que no lo estábamos tanto, a juzgar por lo que duró nuestro matrimonio.

–Podía haber durado –dijo Charlotte–. «Tenía» que haber durado.

Chloe empezaba a irritarse.

–¿Hay alguna razón para que empecéis a rebuscar en mi pasado de esa manera? ¿Acaso queréis decirme que cometo un error casándome con Baron?

–¿Eso crees tú? –preguntó Jacqueline.

–¡No! –dijo ella, casi con demasiado énfasis–. Y si vosotras lo pensáis, llegáis un poco tarde –dominando su propia inseguridad, miró con dureza a las dos mujeres que más quería del mundo–. Además, fuisteis vosotras las que convertisteis una boda sencilla en este circo.

Jacqueline estuvo a punto de perder la compostura por un segundo, pero se rehizo enseguida.

–Porque te queremos demostrar cuánto te queremos, Chloe.

–Ya lo sé –murmuró ella, avergonzada. Ellas no tenían la culpa de que no pudiera superar su pasado.

–Esperábamos que la boda con Baron fuese la clave, pero pareces tan... indiferente; como si casarte fuera otro caso más. Ni siquiera pensabas comprarte un vestido como debe ser hasta que te presionamos nosotras. Y ni siquiera te has molestado en abrir ni la mitad de los regalos.

–Porque estoy muy ocupada con el trabajo –repuso ella–. Ya me viene bastante mal tomarme la semana siguiente libre, aunque sea para ir a las Bahamas. Y el resto de los compañeros tienen que repartirse mi trabajo y el de Baron. Con respecto a lo del vestido, me parecía demasiado, teniendo en cuenta que es el segundo, y que tengo el armario lleno de ropa.

–Incluso una segunda boda más sencilla requiere ciertos adornos –observó su abuela–. Después de todo, sigue siendo un día muy especial.

–Tienes razón, como siempre –dijo ella, cansada de discutir sobre el tema–. ¿Cuántos invitados esperamos esta noche? –le preguntó a su madre.

–Sólo una docena. La familia y los amigos más allegados; no queremos que los Prescott se agobien con muchas caras nuevas al mismo tiempo. ¿A qué hora llegan?

–A las once y veinte, creo. Baron irá a buscarlos, los llevará a comer y después los acercará al hotel para que puedan descansar antes de la fiesta de esta noche –apartó la silla–. Lo que me recuerda que tengo que ponerme en marcha ya. Le prometí salir con él a tomar un café antes de que se fuera al aeropuerto. Ambos hemos estado muy ocupados estos días, sólo nos hemos visto de pasada y no parece que la cosa vaya a ser mejor esta semana.

–Tenéis el resto de vuestras vidas para estar juntos después del próximo sábado –indicó Jacqueline.

Era cierto, pero Chloe necesitaba pasar tiempo con su prometido. En privado, lejos del jaleo previo a la boda. Necesitaba su cálida y serena presencia para calmarle los nervios, sentir el calor de sus abrazos y la dulzura de su sonrisa.

Con sólo eso, sus dudas desaparecerían por completo y se daría cuenta de lo afortunada que era por haberlo encontrado. No podía ser de otro modo, ya que él era todo lo que una mujer podía desear: paciente, amable, leal... Tan parecido a ella que podía haber sido un milagro.

–Antes de que me des una respuesta –había comenzado él su declaración–, tengo que repetirte lo que te dije antes. No quiero niños, ni una casa en las afueras con jardín en el que quedar con los vecinos para hacer barbacoas. Cumpliré cuarenta años en noviembre y no me veo cortando hierba y jugando al fútbol con niños pequeños. Los dos somos profesionales entregados, Chloe, y cuando no estemos en el trabajo, quiero que podamos salir de casa sin tener que preocuparnos por bebés que en algún momento se convertirán en... –se estremeció– adolescentes. ¿Pido demasiado?

–¡Claro que no! –respondió ella, olvidando cómo fue la última vez que se le declararon–. Queremos el mismo tipo de vida, así que, sí: me casaré contigo y seré la señora de Baron Prescott.

Él le acarició el pelo.

–Nunca te pediré que renuncies a nada de lo que te ha costado tanto trabajo conseguir. Siempre serás Chloe Matheson, una abogada de éxito.

Y eso, había pensado entonces, sería suficiente para hacerla feliz. Porque Baron tenía razón: ella no podía dejar de pensar en la cantidad de mujeres que acudían a ella para liberarse de matrimonios opresivos y él, especialista en testamentos y herencias, había presenciado suficientes guerras familiares como para no querer ver a sus hijos enzarzados en algo parecido.

Centrar sus vidas en ellos dos parecía tener mucho sentido.

Sólo que entonces, con su segunda boda a la vuelta de la esquina, se le antojaba que aceptar aquellas condiciones había tenido menos que ver con el amor que con la huida de la angustia, la desilusión, la soledad y siempre, siempre... el dolor.

Aunque le hubiera gustado una boda más sencilla, Chloe tenía que admitir que su madre tenía estilo preparando grandes eventos. Como preludio de lo que estaba por llegar, la fiesta fue un triunfo en cuanto a elegancia.

Desde luego, ayudaba la buena temperatura de la tarde, que permitía mantener las puertas abiertas y que los invitados saliesen desde la sala de dibujo al jardín, para admirar el precioso atardecer sobre el Estrecho. Si a eso se le suma una abundante partida del mejor caviar acompañada con suficiente champán francés como para poner un barco a flote, no era de extrañar que todos quedaran encantados y que los ánimos pronto se relajasen.

A pesar de todo, Chloe no había dejado de notar una cierta tensión en la fiesta. Los padres de Baron se movían en la élite de la sociedad; su abuelo había sido parlamentario, su padre era un reconocido arqueólogo y su madre, directora retirada de un prestigioso colegio femenino. A pesar de su amabilidad, quedó bien claro que la señora Prescott, no sólo estaba valorando a Chloe, sino también a Jacqueline y a Charlotte, y toda la casa, para determinar si la novia estaba a la altura para convertirse en la señora de Prescott y en su nuera.

–¿Qué te han parecido los Prescott? –preguntó Jacqueline, cerrando la puerta tras la marcha del último invitado.

–Pues no han sido todo cariño y calor, si es eso lo que querías oír –dijo Chloe con aspereza–. Sinceramente, me alegro de que vivan al otro lado del país. Por el modo en que me interrogó la madre de Baron acerca de mi anterior matrimonio, pareció que me consideraba mercancía estropeada.

–Yo también me he dado cuenta –indicó su abuela–. Se comportó de un modo ciertamente altivo al principio.

–¡Hasta que vio el candelabro Waterford! –rió Jacqueline–. Myrna Prescott estuvo a punto de atragantarse cuando lo vio. Creo que tanto ella como su marido quedaron muy satisfechos de nuestro nivel de vida.

–¡Cómo debe ser! –Charlotte, a sus sesenta y seis años, seguía ejerciendo de madre protectora–. Tal vez ellos tengan un árbol familiar muy ilustre, pero tú tampoco naciste bajo un puente, hija mía. Esta noche ha sido un triunfo, mérito tuyo, por supuesto. Debes estar agotada.

–La verdad es que sí.

–Entonces iremos fuera a cenar. Hace mucho tiempo que no salimos las dos juntas –hizo una delicada pausa–. Chloe, puedes venir si quieres.

–Oh, no –fue la rápida respuesta de Chloe–. Lo único que me apetece es quitarme los zapatos y relajarme un rato. Salid vosotras, os merecéis un descanso por todo este ajetreo.

Ellas no se molestaron en insistir y estuvieron de acuerdo en que tenía razón para querer quedarse en casa. Se marcharon antes de que tuviera tiempo de cambiar de idea.

Aunque eran casi las ocho para entonces y era de noche, la temperatura era cálida, y Chloe decidió ponerse un viejo bañador y nadar un rato.

«Dentro de ocho días, esta locura habrá pasado y estaremos de camino a las Bahamas», le había susurrado Baron al oído antes de despedirse, «estoy ansioso por que llegue ese momento».

Chloe, flotando sobre la espalda y mirando al cielo, pensaba en cuánto deseaba compartir su ansiedad. El sábado siguiente a esa hora, llevarían casados casi cinco horas. Estarían en la suite del hotel que habían reservado y había muchas opciones de que para entonces ya hubieran hecho el amor por primera vez.

¿Sería tan maravilloso como lo había sido con...? No, no dejaría que Nico se colara en sus pensamientos de aquel modo; ya no había lugar para él en su vida.

Justo en aquel momento, una estrella fugaz cruzó el firmamento dejando una estela de luz tras de sí. Una señal de buena suerte, según decían. Podría pedir un deseo, si no tuviese ya todo lo que una mujer podía desear. Lo tenía todo excepto una cosa, pero ni las oraciones ni las supersticiones podrían devolverle la vida a su hijito.

–Desearía poder olvidar –susurró, mientras las lágrimas enturbiaban su visión y convertían el manto de estrellas en un remolino de luces–. Ojalá fuese posible empezar desde el principio y dejar atrás el pasado.

Él respondió al teléfono al segundo toque.

–Tienes vía libre, Nico. Adelante.

–¿Ella sospecha algo?

–Nada de nada.

Él sonrió, apagó el teléfono y salió por la puerta.

Ella no sabía que él la había estado vigilando toda la tarde mientras charlaba en el jardín con su prometido y la familia de éste, su madre gorda como una paloma y el padre alto y delgado. Ella no tenía ni idea de que él, desde la ventana de la casita del jardinero, había visto a su sustituto pasarle el brazo sobre los hombros y besarla en la boca, cuando creía que nadie los veía, con cierta ansiedad que Nico comprendía demasiado bien.

En la oscuridad del exterior, se dejó guiar por la luz que salía de la ventana de Chloe. Se sorprendería mucho al verlo y tal vez incluso se pusiera furiosa, pero sus negocios le daban una razón perfectamente válida para estar en la ciudad la misma semana en que ella se iba a casar con otro. Podría haber cambiado las fechas y haber evitado volver a verla, pero nada hubiera podido mantenerlo alejado, especialmente después de escuchar las reticencias de su madre.

–No estoy diciendo que no quiera a Baron –le había dicho Jacqueline–, pero no hay chispa, Nico. Ella se está dejando llevar, eso es todo.

Aquello había sido la motivación final que necesitaba para seguir con su plan original.

–Estaré allí el viernes.

–Eso te deja sólo una semana para hacerla cambiar de idea.

–¡*Dio*!, Jacqueline... –le recordó él–. La primera vez sólo necesité un día.

–Pero esta vez será distinto. Ahora está dolida.

–Los dos lo estamos, pero refugiarse en un segundo matrimonio no es la solución al sufrimiento.

–¡Desde luego que no! Baron es un buen hombre y tampoco se merece estar con una mujer que no lo quiere. No estoy segura de que ella pueda entregarle su corazón por completo.

–Lo entiendo.

–Escucha, tal vez seas tú quien acabe mal después de esto. Yo sólo estoy actuando como una madre que desea lo mejor para su hija, Nico. Siento que mi hija está optando por el camino más fácil, pero puedo estar equivocada. Tal vez Chloe sí desee realmente este matrimonio por diversas razones.

–Nunca me ha asustado el riesgo, Jacqueline, y me da la impresión de que tú tampoco estás fuera de peligro. Tal vez ella nunca te perdone por interferir de este modo.

–Tengo que arriesgarme.

–Entonces, está hecho. Haremos lo que sea necesario, y pagaremos el precio que sea necesario. Ella lo merece, ¿*vero*?

–Sí.

Nico, mientras avanzaba por el jardín a oscuras, esperaba pillarla desprevenida y con la guardia baja, pero su presencia activó las luces de los detectores de movimientos, y él fue el sorprendido. No hubiera pasado nada si ella hubiera estado dentro de casa, donde él creía que estaba, pero estaba en la piscina, flotando sobre su espalda. Antes de que pudiera ocultarse, ella dejó escapar un grito ahogado mientras lo miraba.

Tenía el cabello suelto, flotando en ondas sobre sus hombros, y sus piernas, aquellas maravillosas piernas que antes lo habían rodeado como si no fueran a dejarlo escapar nunca, eran un espectáculo delicioso.

Como no tenía sentido ocultarse, se quedó allí, mirándola.

Capítulo 2

AL VERLO, Chloe se sorprendió tanto que tragó agua sin querer y empezó a toser sin parar. Al principio pensó que la luz le estaba jugando una mala pasada o que estaba viendo un fantasma.

–¡Dime que no eres real! –gritó ella, nadando hacia el borde de la piscina.

La figura que avanzaba hacia ella parecía muy real.

–*Ciao*, Chloe –dijo, con su suave y aterciopelada voz italiana mientras se movía hacia ella con aquella gracia innata–. ¿Te he sorprendido?

–¡Sí! –escupió ella, apartándole la mano con un manotazo cuando le ofreció su ayuda para salir del agua–. ¡No te atrevas a tocarme!

En su cara se dibujo la misma sonrisa traviesa y encantadora que ya conocía, y que le hizo sentir un vuelco en el corazón.

Cuando salió de la piscina, se apartó el pelo de la cara, se echó una toalla sobre los hombros y puso los brazos en jarras:

–No sé qué crees que estás haciendo aquí, Nico –dijo ella, controlándose todo lo que podía dado lo alterada que se encontraba–, pero puedo asegurarte que no eres bienvenido. Así que, a no ser que quieras que sea la policía quien te saque de aquí, te sugiero que te marches de casa de mi madre.

–Yo... –intentó parecer herido, pero la sonrisa que se leía en sus ojos lo traicionaba–. ¿Eso harás, *cara*?

–No lo dudes –dijo ella, impasible–. Y no me llames «*cara*».

–¿Prefieres «*signora* Moretti»?

–Olvidé ese nombre el día que nos divorciamos.

–Puedes haber olvidado el nombre, pero eso no quita que hayamos sido marido y mujer. Pero ya supongo que no te gustará que te lo recuerde cuando otro tipo está a punto de suplantarme. ¿Cómo te llamarás entonces, cariño?

–Señora de Baron Prescott, pero eso no es asunto tuyo.

Tenía que haberse callado, pero eso no le hubiera hecho dejar su investigación:

–¿Y estás enamorada de ese Baron?

–¿Por qué crees que me caso con él?

Él se enganchó los pulgares en las trabillas del cinturón y dio un paso adelante.

–El asunto no es lo que yo crea, mi adorada Chloe, sino lo que creas tú.

En aquel momento, con él tan cerca que podía oler aquel aroma tan familiar, apenas podía pensar. «Piensa en Baron», se dijo a sí misma.

Pero Baron desaparecía en los confines de su mente, apartado por la presencia real de Nico. Ante la imposibilidad de evitarlo, Chloe lo miró.

En apariencia había cambiado poco desde su último encuentro. Seguía siendo increíblemente guapo. Tan europeo en su modo de vestir, los vaqueros y el polo blanco que llevaba tenían en él la elegancia de un traje de Armani.

El pelo negro sin rastro de canas, la boca, los dientes y la sonrisa seguían siendo tan tentadoras como siempre. Y sus ojos oscuros... oh, no podía mirarlo a los ojos; le recordaban demasiado a los de su hijo.

–¿Qué te importa a ti lo que yo sienta? –dijo, con la voz rota–. Ya no formo parte de tu vida.

–Tuvimos un niño. Por eso siempre habrá una conexión entre nosotros, y nada ni nadie podrá romperla. Aunque te cases mil veces, *cara*, nadie conseguirá hacerte olvidar la vida y el amor que compartimos.

Ella apretó los labios y apartó la mirada, sintiéndose invadida por la desolación. No, nunca lo olvidaría, porque eso significaría olvidar también el poco tiempo que Luciano fue parte de su vida, y no podría hacer eso. Sus recuerdos eran todo lo que le quedaba de él.

–¿Aún lo echas de menos, Nico?

–Siempre –dijo él, sabiendo que se estaba refiriendo a su hijo–. No pasa un día sin que piense en él y sin que desee que todo hubiera sido diferente. Ahora tendría cuatro años y tú seguirías casada conmigo.

–¡Pero no está vivo! –gritó ella, rompiendo a llorar, incapaz de contener el dolor por más tiempo–. ¡Y fue culpa tuya que perdiera a mi niño!

Él apartó la cabeza como si hubiera recibido una bofetada, pero ella pudo ver su expresión de desolación y un brillo lagrimoso en sus ojos.

–También era hijo mío, Chloe.

Ella se tapó la boca con la mano, mortificada.

–Lo siento, Nico. No debería haber dicho eso. Sé que no es verdad, pero no consigo superar el dolor y, al verte, parece que todo ocurrió ayer –dijo, arropándose mejor con la toalla–. ¿Qué estás haciendo aquí?

–Siempre me quedo aquí cuando vengo a Canadá –dijo, encogiéndose de hombros, como si quedarse en casa de su suegra fuera lo más normal del mundo para él–. Tú te divorciaste de mí, pero Jacqueline siempre me ha tratado muy bien, como a un hijo.

–¿Por qué ahora? –preguntó, ocultando su sorpresa ante el descubrimiento–. Podías imaginar que aparecer por aquí una semana antes de mi boda no era lo más apropiado.

–No podía evitarlo, ya sabes cómo son los negocios –dijo, encogiéndose de hombros–. Tengo que quedarme diez días, y tu madre me ha invitado a tu boda. Qué mujer tan amable y atenta, tu madre.

Avanzó hacia ella, lo que hizo que Chloe reculase para mantener la distancia. No quería ni pensar en lo que podía pasar si dejaba que se acercase demasiado. Ya era suficientemente lamentable que su cuerpo respondiese con una cierta ansiedad ante su presencia, como si recordase la época en la que lo había mantenido vibrante y vital.

–¡Imposible!

En serio –dijo, pillándola por sorpresa y rodeándole la cintura con los brazos.

Sus manos recorrieron, poderosas y seguras, su cintura, sin escapatoria posible.

–Un paso más y te hubieras caído de espaldas a la piscina –murmuró él, apartándola de un peligro para arrastrarla a otro aún mayor.

–No te creo –exclamó, temerosa e hipnotizada a la vez–. ¿Cómo iba a hacer algo así?

–Porque el nuestro fue el divorcio más civilizado del mundo y no hay ningún inconveniente en que os desee a ti y a tu hombre felicidad. Así verá que no tiene nada que temer de mí.

–Eso ya lo sabe.

–Entonces no le importará que me quede aquí.

–¡En absoluto!

–¿Y a ti, Chloe? ¿Te hará dudar mi presencia de los planes que has hecho?

–Claro que... no –la negación emergió como un suspiro de su garganta, vencida antes de haber empezado la lucha porque él había empezado a subir las manos por sus costillas, por sus hombros, por sus brazos, y le había robado las pocas fuerzas que le quedaban.

Sintió que las piernas le flaqueaban y que veía borroso mientras se dejaba caer sobre él.

Él la apartó con firmeza.

–No hay ningún problema entonces. Considérame otro invitado que brindará a tu salud. Hubiera sido una lástima perderme este gran evento, ya sabes cuánto nos gustan las fiestas a los italianos.

No podía estar más sorprendida. La indignación la hizo fuerte por fin.

–No vendrás a mi boda y no hay más que hablar –ella no sólo recordaba lo fácil que le resultaba seducirla, sino también su tozudez–. Nico, sé razonable. Te sentirás extraño, solo, y además darás que hablar. Además, no sé por qué quieres presenciar cómo me caso con otro hombre.

–Porque tu felicidad es importante para mí.

–¿Por qué te preocupas por mí? Ya no soy nada tuyo.

–Siempre me preocuparé por ti. Sufriste mucho conmigo, y si yo no pude curarte de ese dolor, me gustaría estrechar la mano del hombre que pueda hacerlo.

Ella miró el gesto obstinado de su mandíbula, su postura erguida, como si dijera: «Si quieres librarte de mí, tendrás que echarme a la fuerza».

–Nico, no permitiré eso. No dejaré que me presiones para que te deje quedarte. No te quiero aquí, así de simple. Considérate no invitado.

–Lo siento, pero no puedo hacer eso –replicó él, lleno de dulzura–. Fue tu madre quien envió la invitación y ésta es su casa, así que no me marcharé hasta que sea ella quien me diga que me marche.

«¡Le retorceré el pescuezo a mi madre!», pensó Chloe.

–Ya veremos –le dijo a él–. Mi madre no es tan tozuda como tú.

–¿Por qué te pone tan nerviosa el que esté aquí, *cara*?¿Acaso crees que me presentaré así en tu boda? –dijo indicando sus ajustados vaqueros y su polo inmaculado–. Ya no tengo que hacer cuentas a fin de mes y me puedo permitir un buen traje y una corbata. Quédate tranquila, ahora tengo una pequeña fortuna.

–Si sólo me preocupase por tu dinero, nunca me hubiera casado contigo –dijo ella con sorna–. No me enamoré de tu cuenta corriente.

Él se echó a reír.

–¡No me extraña! No tenía nada –su voz se llenó de repente de nostalgia–. Recuerdo perfectamente el día que nos conocimos. ¿Y tú?

–No muy bien, la verdad.

Él miró al cielo y sonrió, como si compartiesen un secreto.

–Fue un martes.

–Era jueves –corrigió ella.

–En una joyería.

–Una tienda de antigüedades que vendía joyas empeñadas, que no es lo mismo.

–En efecto –dijo, adoptando el mismo gesto de un profesor ante un alumno brillante–. Había encontrado un camafeo para regalárselo a mi hermana Abree por su cumpleaños.

–Lo había encontrado yo primero, pero intentaste quitármelo.

–Y lo hubiera conseguido–dijo, sonriendo–. Pero al final decidí que no merecía la pena seguir peleando por aquello cuando ya me habías robado el corazón.

–¡Tu corazón no tuvo nada que ver! No pudiste igualar mi oferta y te volviste los bolsillos del revés para demostrarlo.

Pero fue el modo en el que se había echado a reír en aquel momento lo que la desarmó por completo. En un abrir y cerrar de ojos, la hizo olvidar que había viajado a Italia para visitar museos y caminar por calles llenas de historia. El conocerlo aquel día en Verona se convirtió en el momento más memorable del viaje que hizo con Monica para celebrar el fin de su carrera universitaria.

–Sólo me rendiré –había dicho él con el irresistible encanto latino–, si aceptas comer conmigo. Tengo suficiente para dos platos de pasta y una botella de vino. ¿Trato hecho?

Ella había aceptado tras un instante de duda y se enamoró de él antes de llegar a la *trattoria*, escondida en una preciosa plaza que ella nunca hubiera podido encontrar por sí misma.

No le había importado en absoluto que estuviera sin blanca.

–Hace poco invertí mi limitado capital en un negocio al borde de la quiebra –le había dicho, tras un plato de ravioli y un vaso de vino tinto.

–¿Todo? –la futura abogada se había quedado helada–. ¿Y si lo pierdes y te quedas sin nada?

–Nací sin nada, *bella* –había reído él–, y si muero sin nada no me importará en absoluto mientras haya aprovechado la vida al máximo.

Ella se dio cuenta de lo diferentes que eran. Él era de esos hombres que arriesgan, que actúan por impulso y se someten a las consecuencias. Ella no era así, y aunque lo admiraba por sus cualidades, también le pareció ver algo peligroso en él. No averiguó lo que era hasta que fue demasiado tarde.

–¿Aún lo tienes? –preguntó él, sacándola de sus ensoñaciones–. ¿El broche que nos unió?

–No –dijo ella–. Lo regalé poco después de abandonarte. No podía soportar los recuerdos que me traía.

–¿Librarte de él te ayudó?

–No.

–Me alegro. Hubo muchas cosas buenas entre nosotros como para relegarlas al olvido –le acarició el pelo–. Fuimos felices un tiempo, ¿verdad, Chloe?

Desde luego que lo fueron. Desde el instante en que lo vio hasta aquella fatídica noche...

Tal vez por eso el dolor que la siguió fue tan difícil de soportar.

Monica había continuado recorriendo el país, mientras ella se quedaba en Verona. Una semana después, Nico y ella eran amantes, y a finales de verano, él le propuso matrimonio. Si hubiera tardado un poco más, lo hubiera hecho ella.

Con un diminuto diamante en el dedo, voló a casa a principios de septiembre para preparar la boda que tendría lugar en octubre, a pesar de las abiertas reservas de su madre y su abuela.

–¿Y tu carrera? –habían preguntado.

–Mi carrera ahora es Nico.

–¿Cómo puedes tenerlo tan claro? Espera hasta el verano siguiente para casarte con él y así sabrás si es amor verdadero o una emoción veraniega.

Pero no pudieron disuadirla, y cuando Nico llegó a Vancouver a finales de mes, tanto su madre como su abuela se rindieron a sus encantos con la misma facilidad que Chloe.

–Cuando aparece el hombre perfecto –había declarado Jacqueline veinticuatro horas después de conocerlo–, da igual el momento. Estáis hechos el uno para el otro, y no hay otro hombre al que pueda llamar con tanta seguridad «yerno».

Aparentemente, nada había cambiado para su madre desde aquel día. Seguía considerando a Nico parte de la familia; ¿por qué si no hubiera puesto sobre la cuerda floja el futuro de su única hija al dejarle presentarse en casa de ese modo?

–No me has respondido, Chloe –dijo Nico, deslizando la mano por su nuca–. ¿No fuimos felices? ¿No fue perfecto nuestro matrimonio?

Le costó responder con sinceridad.

–Sí –admitió con un gruñido–. Pero si hubiera estado en tu lugar, no me hubiera parecido tan perfecto. No vino nadie de tu familia.

–La distancia y el coste lo hicieron imposible, pero la verdad es que apenas noté su ausencia. Tú estabas allí, tan hermosa, vestida de satén y encaje blanco, y eso me bastó. De hecho, me hubiera dado igual si hubieras estado vestida con tela de saco. Lo único que me importaba era que ibas a convertirte en mi esposa y, aunque no tuviera dinero para traer a mi familia desde Italia, me sentí el hombre más afortunado del mundo. ¿Qué significaba el dinero al lado de poder estar contigo en lo bueno y en lo malo, durante todos los días de mi vida?

La pasión de su voz, la dulce seducción de sus dedos acariciándole el cuello estaban haciendo estragos en su capacidad de contención y tuvo que detener aquello antes de verse vencida por el encantamiento que la llevaba a caer en sus brazos.

–Creo que los recuerdos te traicionan –dijo ella, intentando apartarse de él–. Ser pobre te molestaba y mucho, hasta el punto en que el dinero se convirtió en una obsesión.

–Tenía que cuidar de ti y de nuestro hijo, Chloe. No me culpes por ello. Antes de conocerte, me prometí a mí mismo que no me casaría hasta que no pudiera mantener a mi familia, pero me embrujaste de tal modo que lo olvidé. Supe desde el día en que te conocí que tenías que ser mi mujer y no me lamento de la decisión que tomé. Aunque hayamos acabado de este modo.

–Tal vez los dos quisimos demasiado, demasiado pronto. Tal vez lo que tuvimos fue demasiado bueno para durar.

–O tal vez no luchamos lo suficiente para conservarlo.

–¿Cómo íbamos a luchar con un niño de tres meses y medio reposando en un cementerio? –lloró ella–. ¿Cómo se recupera uno después de eso?

–Compartiendo el dolor con la única persona en el mundo que puede comprenderlo. En lugar de acercarnos el uno al otro, nos alejamos y de ese modo perdimos mucho más aún. Tiramos por la borda todo lo bueno que había entre nosotros.

–¿No te das cuenta de que no nos quedaba nada? Todo lo que éramos o lo que queríamos ser murió con él.

–Si de verdad crees eso, haces lo correcto casándote con Baron.

–Lo creo, Nico –dijo ella con vehemencia–. Estoy convencida de que puedo empezar desde cero con él porque no amenaza mi paz mental. Él me da seguridad y no me hará daño.

–Entonces no me extraña que me cambies por ese modelo anticuado.

–¡Es «maduro»!

–Ah –dijo él, levantando la vista al cielo–, si yo hubiera sido tal conjunto de virtud masculina...

Ella logró escapar de su abrazo y corrió hacia la casa, para detenerse sólo un segundo y gritarle por encima del hombro.

–Hazte un favor, Nico, y vuelve a casa. Si planeas estropear mi boda, estás perdiendo el tiempo, me casaré con Baron el sábado que viene y nada de lo que me digas me hará cambiar de idea.

¿Nada?

–Ya veremos, tesoro –murmuró él mientras ella entraba en la casa–. Tengo siete días para demostrarte que la pasión que creíste morir con nuestro hijo aún está viva. Y será un placer para mí despertarla. Si lo que buscas en ese Baron es seguridad, te darás cuenta de que no es suficiente para ti, después de todo.

Capítulo 3

Sábado, 22 de agosto

OTRO perfecto día de verano para desayunar en el patio, pero se avecinaba tormenta:

–¿Cómo has podido? –explotó Chloe, fulminando a Jacqueline con la mirada–. No te hagas la inocente, sabes perfectamente de qué estoy hablando. ¿Cómo se te ocurre invitar a Nico a quedarse?

–Siempre se queda aquí cuando viene a la ciudad. Creía que lo sabías.

–Pero, ¿tenía que ser en este momento? –dijo, casi incapaz de enhebrar dos palabras seguidas sin explotar–. Has pasado semanas organizando esta boda y no entiendo cómo te arriesgas a arruinarla en el último momento.

–Porque una madre tiene que hacer lo mejor para su hija, especialmente si ésta se empeña en esconder la cabeza en un agujero y pretender que todo va estupendamente cuando hasta un ciego vería que no lo es.

–¿Estás diciendo que has animado a Nico a venir precisamente ahora para arruinar mis planes?

–No. No tenía ni idea de que su visita coincidiría con tu boda, pero cuando me lo dijo, no pude evitar pensar que el destino estaba jugando sus cartas.

Sorprendida, Chloe dijo.

–En otras palabras, no lo planeaste, pero esperabas que sucediera.

–Él no podrá estropear nada si tú no lo dejas. Si estás completamente segura de que quieres casarte con Baron, no dejarás que nadie se interponga en tu camino. Pero si la mera presencia de Nico altera tus planes, os ahorrará a ti y a Baron el cometer un terrible error.

–¡No cambiaré de idea! Sé lo que hago.

–Eso es lo que dices, pero no la impresión que has dado esta última época.

–Pues mírame con más atención. Tengo veintiocho años y no necesito que interfieras en algo que no es en absoluto asunto tuyo.

Sin alterarse, su madre respondió:

–Lo que te pase a ti, siempre será asunto mío. Siempre serás mi hija, independientemente de la edad que tengas. Y no puedo estar tranquila sin hacer nada viendo cómo, cuanto más se acerca tu boda, más insegura estás.

–¡No estoy insegura!

–Claro que sí. Has dicho incluso que te sentías deprimida. Ahora, siéntate y tómate un melocotón.

¡Ni hablar de eso! Agarrándose al respaldo de la silla, preguntó con tristeza:

–¿Has tenido en cuenta lo que pensará Baron cuando se entere de lo que estabas tramando?

–De un modo u otro, sospecho que me lo agradecerá.

Irritada, Chloe la miró fijamente.

–Creía que a ti y a la abuela os gustaba.

–Y nos gusta, cariño, por eso no queremos que sufra.

–Pues tenéis un modo muy particular de demostrarlo. Invitar a mi ex marido a quedarse en casa, no era bastante y lo has invitado a la boda... ¿Cómo voy a explicárselo a Baron?

–No le dirás nada –dijo su madre, impasible–. Si hay que dar alguna explicación, yo me encargaré de ello.

–¡Por encima de mi cadáver! –dijo Chloe, dejándose caer en la silla, agotada antes de empezar el día–. Ya has causado suficientes problemas, madre. Yo me encargaré de hablar con él, pero si quieres hacer algo útil, líbrate de Nico y nos ahorrarás muchos lamentos.

Como si hubiera estado agazapado tras un arbusto esperando el momento perfecto para hacer su entrada, Nico apareció en aquel momento tras la esquina.

–¿Alguien ha mencionado mi nombre?

Chloe le dirigió una mirada de odio, pero su madre y su abuela lo recibieron con enormes sonrisas.

–¡Buenos días, Nico! –dijeron a coro.

–¿Has dormido bien? –preguntó Charlotte, atenta.

–Como un bebé, *Nonna* –replicó él, inclinándose para darle un beso–. Estás tan preciosa y tan joven como siempre.

Jacqueline, mientras, le sirvió una taza de café.

–Ten, querido, fuerte y negro, como a ti te gusta.

Él la besó también en la mejilla.

–*Grazie*, Jacqueline. Siempre sabes cómo hacerme sentir como en casa.

Chloe, sin embargo, se negó a saludarlo y se quedó mirando fijamente su taza de café.

Ignorando su fría recepción, él se sentó a su lado.

–¡*Buon giorno, bella*! ¿*Come stà*?

–Tan poco contenta de verte como anoche. No te pongas cómodo en la casita, Nico. No te vas a quedar mucho tiempo.

–¿No?

Ella no necesitaba mirarlo para saber que estaba sonriendo. Sentía su calidez arropando todo su cuerpo como su segundo sol.

–¿Voy a ocupar mi habitación de siempre en la casa?

–Ahí tampoco tenemos espacio para ti. Si piensas quedarte, tendrás que irte a un hotel, pero tendrás que irte lejos, porque los más cercanos están ocupados por los invitados que Baron y yo queremos que asistan a la boda.

–Chloe –indicó su madre con dulzura–. ¿Por qué te importa dónde duerma Nico mientras no sea en tu cama?

La sola sugerencia de la posibilidad envió oleadas de un placer prohibido por todo su cuerpo, hasta el punto de que Chloe se notó enrojecer y quedarse sin aliento. Y, por supuesto, ¡él lo notó! Inclinándose sobre ella, murmuró:

–Eso sólo pasará cuando tú lo pidas, *cara*. No tienes que preocuparte.

–¡En tus sueños! –gritó ella, indignada.

Intentando evitar la tormenta, Jacqueline cambió de tema.

–Nico, siento que no pudiéramos saludarte anoche, pero como te dije cuando llamaste desde Toronto, íbamos a recibir a los padres de Baron por primera vez. Puesto que no los conocíamos, hubiera sido un poco difícil explicar tu presencia aquí, seguro que lo entiendes.

–No te preocupes –respondió él, tan sonriente que Chloe sentía deseos irrefrenables de darle una bofetada–. Encontré la llave de la casita donde dijiste y a eso de las seis, ya estaba acomodado.

–¿Tenías todo lo que necesitabas?

–¡Sí! La cama era... *molto comodo* –miró de refilón a Chloe–. Sólo que un poco grande para una sola persona.

–No me mires así –le informó ella con frialdad–. Se congelará el infierno antes de que vuelva a acostarme contigo en una cama.

–Yo no te he pedido eso, *cara*.

–Pero lo estabas pensando.

–¿Desde cuándo no tengo derecho a soñar?

–Desde que te enteraste de que estoy prometida a otro hombre –respiró hondo–. No toleraré que nos causes problemas a Baron y a mí, Nico. Al contrario de lo que mi madre haya podido decirte, meditamos con tranquilidad la decisión de casarnos y no dejaremos que nada ni nadie se interponga en nuestros planes.

–Pero, cariño, ¿cómo iba a poder hacer algo así, si como dices sois el uno para el otro?

«Cariño»... el énfasis italiano que había puesto en aquella palabra le había provocado un escalofrío.

–No puedes y tampoco tendrás la oportunidad de intentarlo. Si fuera decisión mía, te hubiera sacado de aquí por las orejas, pero, puesto que no lo es, intentaremos cruzarnos lo menos posible. Cuando eso ocurra, te ignoraré todo lo que pueda. Ahora, si me disculpáis, tengo cosas que hacer –esquivó a su madre y besó a su abuela en la mejilla–. Hasta luego, abuela.

–¿Vas a salir? –preguntó Jacqueline, sorprendida y disgustada.

–Sí. Baron y yo vamos a hacer una visita turística con su familia.

–¿Tan pronto? Son sólo las nueve. ¿Por qué tanta prisa?

–Vendrá a buscarme a las nueve y media, y aún no he acabado de arreglarme.

–Oh, siéntate y acaba de desayunar. Estás perfecta así –dijo su madre, impaciente.

Nico la miró con ojo crítico por encima del brioche en el que estaba ocupado.

–No lo está. Tiene que ponerse algo más atractivo.

–¿En serio? –lo miró Chloe, retadora–. ¿Y qué tiene de malo el que llevo puesto?

–Es soso y no te sienta bien –dijo, como si no tuviera importancia–. No tiene estilo ni gracia, y te hace parecer una matrona de una prisión. No me gusta.

–Qué raro –dijo ella, ocultando su ira tras una buena dosis de sarcasmo–. Debes haber creído que me importa tu opinión.

Ella se alejó perseguida por el eco de sus palabras, que seguían resonando en su cabeza.

–Ni que él supiera mucho de estilo –murmuró para sí.

Pero al pasar frente al espejo de cuerpo entero de la esquina, lo que vio reflejado en él no era una mujer elegante vestida con una creación de diseño, sino un individuo soso con un vestido soso. La melena, tras el paso por el estilista el día anterior, caía sin gracia en una masa marrón, con aspecto derrotado, como se sentía ella. Sus ojos, que Nico había comparado con zafiros chispeantes, reflejaban el vacío de su alma. Incluso su piel parecía apagada.

¿Qué había pasado desde el día anterior? O, tal vez, el cambio hubiera sido más sutil, a medida que se acercaba el día de su boda.

Furiosa con Nico por salirse con la suya, entró al baño. Se puso colorete, un toque de sombra lila en los párpados, máscara de ojos en las pestañas y un brillo de labios rosa. Después se cepilló el pelo hasta que estuvo a su gusto. Pero lo importante no era su aspecto, sino que después de tanto tiempo, aún le afectaba la opinión de Nico.

Intentando calmarse, volvió a la habitación negándose a escuchar la vocecita interior que le decía que se pusiera otra cosa. En su lugar, sacó un collar de cuentas azules y pendientes a juego: aquello tendría suficiente gracia y estilo para transformar un vestido carcelario en un diseño de alta costura.

Cuando bajó las escaleras vio la puerta principal abierta.

–¿Así que vienes con frecuencia? –oyó decir a Baron, dándose cuenta de que estaba hablando con Nico.

–Sí. Por lo menos tres o cuatro veces al año.

¿Tan a menudo? ¡Ella no tenía ni idea! Por las referencias que le había hecho su madre, había pensado que se habían visto sólo una o dos veces desde su divorcio.

–Los negocios deben ir bien, en ese caso.

–No me quejo. ¿Y tú?

–Tampoco puedo quejarme. Estoy muy ocupado,

pero siempre encuentro tiempo para jugar al golf una o dos veces a la semana. ¿Juegas?

–No tan a menudo como me gustaría, pero sí me gusta.

–Tal vez podamos jugar un día mientras estás aquí.

Chloe decidió que era el momento de entrar antes de que fuera demasiado tarde.

–Realmente, no creo que tengáis tiempo para eso, con todo lo que hay que hacer –dijo, pasando al lado de Nico como si fuera una maceta y besando a Baron en la mejilla–. Hola, cariño. No he oído llegar el coche.

–Sólo llevo aquí un par de minutos. Lo suficiente para saludar a tu madre y conocer a Nico –le tomó la mano–. Estás preciosa Chloe, como siempre.

–Gracias –dijo ella, apretándole los dedos, agradecida por la comprensión que leía en su sonrisa. La conocía mejor que nadie en el mundo y no necesitaba decirle lo irritada que estaba por la situación. Sus tranquilos ojos azules lo veían todo–. ¿Nos vamos? Tu familia estará esperando...

–Sí –dijo, colocándole la mano bajo el codo y saludando a Nico con la cabeza–. Encantado de conocerte. Volveremos a vernos.

–Por supuesto –respondió Nico, retirando por fin sus ojos de Chloe–. *Ciao*, pasadlo bien.

Ella esperó a que las puertas del coche estuvieran cerradas para empezar a explicarse.

–Yo no lo invité –empezó–. De verdad, Baron, no tenía ni idea de que iba a venir o hubiera intentado detenerlo. No sé en qué estaba pensando mi madre.

Baron le tomó la mano.

–Cariño, no pasa nada. No me importa que esté aquí.

–¿No? –lo miró, sorprendida–. ¡Por Dios, es mi ex marido!

–También es un amigo de la familia y parece un tipo decente. Tal vez no haya llegado en el mejor momento, pero yo puedo soportarlo, si tú puedes.

Ése era el problema: que ella no estaba segura de poder soportarlo. Ya no estaba segura de nada, a decir verdad.

–¿Qué pensarán tus padres?

–Que es sólo otro invitado, a no ser que tú decidas decirles lo contrario. Ellos no tienen por qué saber que estuviste casada con él, no es asunto suyo.

–¡Pero quiere venir a la boda!

–¿Y qué problema hay? No creo que vaya a arruinar la ceremonia, no parece el tipo de persona que haga eso. Además, si sigue queriéndote, el verte casarte conmigo será suficiente para dar fin a sus ilusiones.

Aún más confundida, Chloe sacudió la cabeza.

–Me sorprendes. Si fuera tu ex mujer, te aseguro que yo no me lo tomaría tan bien.

–¿Por qué no? ¿No confiarías en que sé con quién quiero estar?

–Sabes que sí.

–Pues lo mismo digo yo. A no ser que me digas lo contrario, asumiré que nada ha cambiado entre nosotros –le dio unas palmaditas en la mano–. Te conozco lo suficiente para saber que eres todo lealtad, Chloe, y que nunca mientes acerca de tus sentimientos.

Chloe supo que estaba intentando hacer que se sintiera mejor, lo que no podía adivinar era que tras cada palabra suya, ella se sentía peor.

Nico pasó el día ocupado en sus negocios en la ciudad y no volvió hasta el atardecer.

–Ven a cenar con nosotros –dijo Jacqueline acudiendo a su encuentro cuando se dirigía a la casita–. Sólo estaremos los tres ya que Chloe ha llamado para decir que cenaría en el centro con Baron y su familia.

Dudando de si se sentía aliviado y molesto por la noticia, se dejó convencer. Ver a Chloe de nuevo le había puesto más nervioso de lo que hubiera estado dispuesto a admitir. Llevaban divorciados más de cuatro años, tiempo suficiente para rehacer sus vidas. Pero, así como ella no había conseguido superar la muerte de su hijo, Nico tampoco podía aceptar la idea de otro hombre sustituyéndolo en su vida.

Cuando la noche anterior se había encontrado con ella en la piscina, la agitación se había hecho presa de él. No se había preparado para verla así; era tan fácil imaginarla desnuda.

Por mal que sonase, la pérdida y el dolor la habían hecho más adorable aún, esculpiendo la versión de la chica a la que había conocido: la piel se le ajustaba más a los huesos, dándole a su cara una belleza etérea. Nadie que la mirara podía imaginar que había dado a luz a un niño de tres kilos. Su cintura y sus caderas no tenían un átomo de grasa, su vientre era plano y sus pechos pequeños y firmes.

–Te has marchado tan rápido esta mañana que no he podido preguntártelo entonces –dijo Jacqueline nada más sentarse a la mesa–, pero ahora podemos hablar sin tapujos. ¿Cómo la has encontrado?

Él se echó a reír. Su suegra siempre había sido muy directa. La abuela lo miraba con atención.

–Creo que no me costará demasiado romper su resistencia –dijo, eligiendo sus palabras.

–¿Tú también lo crees? –dijo Jacqueline, satisfecha–. Estoy tan contenta de que estés aquí, Nico. Tú eres la única persona que puede hacerla razonar.

–Pero también puedo empujarla a una boda que según tú sería un error. Ya la has visto esta mañana. Para ella soy parte del pasado y no tengo lugar en su vida ahora. ¿Por qué crees que me escuchará? ¿Y qué me da derecho a decirle nada?

–Creo que tienes ese derecho –dijo Charlotte, con su voz calmada–, porque creo que Chloe, en el fondo de su corazón, sigue enamorada de ti. Pero no puede superar el dolor y eso enmascara sus sentimientos. Por eso utiliza a Baron para ocultarlos.

–¿Y tú, Nico? –preguntó Jacqueline, observándolo–. ¿Sigues enamorado de Chloe?

¿Lo estaba? ¿Había sido el amor lo que había hecho batir desesperadamente su corazón y había dejado un dolor agudo en su entrepierna la noche anterior? ¿O sólo la reacción normal de un hombre de sangre caliente ante una mujer hermosa?

–Hemos estado separados mucho tiempo, Jacqueline. Ya no nos conocemos, ambos hemos cambiado mucho.

–¿Pero aún te importa?

–Siempre me importará. Es la madre de mi hijo.

–¿Lo suficiente como para reconstruir lo que una vez tuvisteis?

No quería dejar que vieran la duda en sus ojos, así que se levantó y fue hacia el amplio ventanal desde donde se contemplaba el Estrecho.

Tal vez lo que tuvieron Chloe y él nunca fue suficiente para que su matrimonio funcionase, puesto que tras la primera dificultad todo se vino abajo.

Él había llegado tarde a casa, a la casa que habían alquilado antes de que Luciano naciera. Tenía una pequeña alcoba además de la habitación y un diminuto jardín soleado donde el niño podría dormir la siesta por la tarde. Cruzó la puerta lleno de excitación; por fin una de sus inversiones había ido bien y veía la luz al final de un largo túnel de pobreza desde su infancia.

–Ponte el vestido amarillo de margaritas, el que me gusta tanto –le dijo a Chloe, levantándola y haciéndola girar en el aire–. Te voy a llevar a cenar a un sitio bonito, para variar. Esta noche tenemos mucho que celebrar.

–No podemos salir –había dicho ella, riendo–. Tenemos un hijo, ¿recuerdas?

–Buscaremos una cuidadora. Erstilia, la vecina, estará encantada.

Chloe se había sentido angustiada.

–Pero nunca lo hemos dejado con nadie, ni siquiera con tu madre. Sólo tiene catorce semanas, Nico. ¿Y si me necesita?

–Nos llevaremos el teléfono y si hay algún problema, vendremos enseguida. Erstilia es una joven muy responsable a la que le vendrán bien unas liras extra como ayuda para sus estudios.

Dejó a Chloe en el suelo, pero manteniéndola tan cerca de él que podía sentir cada centímetro de su adorable y ligero cuerpo descendiendo contra él. Cuando sus dedos tocaron el suelo, estaba excitado y lleno de deseo y ella... ella lo estaba mirando con esa mirada perdida que tenía siempre que la pasión empezaba a correr por sus venas.

–Ven conmigo –había susurrado él, hablando del restaurante y de lo otro también, del sexo salvaje y entregado que hacían tan bien.

Ella suspiró, y sin protestar separó las piernas para que él pudiera pasar sus manos bajo su falda, bajarle las bragas y tocarla en el punto exacto que la hacía gemir, temblar y suplicar.

Después la había tomado contra la pared encalada del vestíbulo, con la urgencia y la ansiedad de un hombre encantado por su mujer. La sintió contraerse sobre él, y se sintió explotar.

–Te quiero, Nico –lloró ella, hundiendo la cara en su cuello. A menudo lloraba cuando llegaba al orgasmo.

–Y yo te adoro, tesoro mío –replicó, abrazándola–. Eres mi vida.

En ese momento, Luciano había empezado a llorar, como si se sintiera apartado. Ambos acudieron sonrientes a consolarlo.

–No me siento bien marchándome y dejándolo solo –había dicho ella, inclinándose sobre la cuna–. Aún es muy pequeño.

Pero Nico había insistido una y otra vez hasta que por fin aceptó.

–¿Qué es esto? –había preguntado, con ira fingida–. ¿Es que soy el número dos de tu vida y mi tiempo está racionado?

–Eres mi marido –había replicado ella–, pero él es mi niño y depende de mí. No me hagas sentir culpable por ello.

–No me hagas sentir egoísta por quererte tener sólo para mí, para variar –dijo, acariciándole la cara–. ¿Te das cuenta de que hace tres meses y medio que no salimos?

Ella lo había mirado, mordiéndose el labio inferior, y por fin había accedido.

Fueron a un restaurante de la parte antigua de Verona y él, ignorando sus protestas, pidió un vino caro y una cena propia de una reina y su consorte. Ella había dejado el teléfono sobre la mesa para asegurarse de que lo oía si sonaba.

–No hay prisa, *cara* –había insistido él cuando ella sugirió saltarse los postres e ir a casa directamente–. Sabes que Luciano dormirá sus ocho horas seguidas y estaremos en casa antes de que tenga hambre.

–No estoy a gusto, estando tan lejos de él –había respondido ella.

–Él ni siquiera se ha dado cuenta de que nos hemos ido, Chloe –dijo él, incapaz de contener por más tiempo la impaciencia–. *Per carita*, estoy empezando a pensar que ni siquiera te das cuenta de que existo.

La llamada que cambió sus vidas para siempre se produjo a las once y veinte. Ella respondió al teléfono enseguida y él supo que algo iba mal porque se quedó blanca y sus ojos... era como si estuviese viendo el mismo infierno.

–¡No! –había dicho en voz baja primero, y después una y otra vez más alto hasta que la gente había empezado a correr hacia ellos para saber qué ocurría. Ella no pudo darle el teléfono, pero al final él se lo arrancó a la fuerza.

–No puedo despertarlo –había dicho Erstilia, aterrorizada–. Por favor, vengan rápido a casa. No abre los ojos.

–¡Llama a una ambulancia! –había conseguido gritar él–. Llegaremos a casa en quince minutos.

Pero fue demasiado tarde.

Muerte súbita infantil, fue lo que dijeron los médicos, algo que nadie hubiera podido prever ni evitar. No era culpa de nadie.

Pero Chloe no los creyó y lo culpó a él.

Él no había sido capaz de consolarla. Dios, no había podido consolarse a sí mismo. La oscuridad se adueñó de él y tardó meses, años en volver a mirar a la vida a la cara.

Para entonces ya no era el mismo. Había perdido más que un hijo aquella noche: había perdido a su mujer y la mejor parte de sí mismo con ella.

Se apartó de la ventana para mirar a las dos mujeres que esperaban su respuesta.

–No soy la persona más apropiada –dijo–. Queréis un milagro, y eso es algo que sólo Dios puede hacer.

Charlotte se hundió en su silla, desencantada, pero Jacqueline se levantó de la mesa y acudió hacia él.

–Pero Dios ayuda a los que se ayudan, Nico –dijo ella con pasión–. Te lo pregunto otra vez. ¿Te importa mi hija lo suficiente como para hacer que mire en su corazón antes de casarse con un buen hombre que, sin que él tenga culpa, no es el correcto?

Dividido por sus necesidades egoístas y la decencia de un hombre hacia otro cuando hay por medio una mujer, tomó aliento.

Jacqueline, al verlo indeciso, golpeó en su punto débil:

–Si no lo haces por ti o por Chloe, hazlo por tu hijo. Haz que el poco tiempo que Luciano estuvo con nosotros sea más que un recuerdo de dolor y llanto. Usa el poder curativo del amor que trajo a nuestras vidas. Se merece ser recordado con algo más que lágrimas.

Capítulo 4

Domingo, 23 de agosto

CHLOE se convenció de que dejar su piso había sido un error. Ya no tenía ningún sitio en el que esconderse de la curiosidad y los cuchicheos que suscitaba la presencia de Nico. Mantener su presencia en secreto estaba resultando de lo más complicado, y eso se vio con claridad cuando sus padrinos, Phyllis y Steve Stonehouse, que se suponía que llegarían el lunes, llegaron un día antes.

Jacqueline quería hacer salmón a la barbacoa aquella noche, y le había pedido a Nico que preparase el carbón. Se encontraba a mitad de la tarea cuando Phyllis, que lo reconoció inmediatamente, acudió a abrazarlo, a pesar de sus manos tiznadas.

–¡Nunca imaginé verte aquí! ¿Has venido a la boda?

–Es una casualidad –dijo él, con una sonrisa de oreja a oreja–, que tuviera que venir a Vancouver la misma semana en que Chloe se casa por segunda vez.

Phyllis, radiante de placer, respondió:

–Bueno, es estupendo verte, cualquiera que sea la razón. Es fantástico que Chloe y tú sigáis siendo amigos después de vuestro divorcio.

Aprovechándose del malentendido de su madrina,

inmediatamente, Nico le pasó a Chloe un brazo por encima del hombre y la abrazó con ternura.

–Siempre he querido lo mejor para Chloe –anunció, magnánimo.

¡Mentiroso! Si fuera así, ya se habría marchado, pero cada vez que se daba la vuelta, se lo encontraba de frente con su enigmática sonrisa.

Después de comer, Nico también fue invitado, Chloe se encerró en la biblioteca con el pretexto de abrir los regalos de boda y escribir notas de agradecimiento, pero le resultaba difícil concentrarse con la voz de Nico colándose a través de las puertas correderas todo el rato.

–¡No seas ridículo! –le había dicho su madre cuando él dijo que se marcharía para dejarlos tranquilos–. Ponte el bañador y vente a la piscina. Para compensarnos, te dejaremos que te ocupes de la barbacoa después –bromeó.

Así que allí estaba, acostado en una tumbona encantándoles a todos con su charla mientras ella se escondía en la biblioteca e intentaba no mirarlo por la ventana.

Pero ya sabía muy bien cómo era él casi sin ropa. Demasiado sexy como para que pudiera concentrarse en escribir tarjetas.

–¿Qué estoy intentando demostrar? –se dijo a sí misma, tirando otro papel emborronado a la papelera–. ¿Y por qué me aíslo en lugar de estar con mi familia, cuando él es el intruso?

«Porque tienes miedo de cómo te hace sentir, Chloe», replicó la abogada que llevaba dentro. «Pero si estás segura de que quieres a Baron, deberías salir sin importarte qué hombre esté allí en lugar de esconderte de la tentación».

–No estoy asustada ni siento tentaciones –informó a los regalos que la observaban, acusadores.

–«¿No?» –rió su alter ego–. Has estado a punto de engañarme.

Desde fuera le llegaba la voz de Nico, tan llena del sabor de Italia que casi podía oler las calles medievales de Verona.

–Ahora tengo que disculparme, pero tengo que hacer unas llamadas de negocios.

–Hay un teléfono en la biblioteca –ofreció su madre–. Chloe está allí, pero seguro que no la molestarás.

«Gracias, mamá», pensó Chloe, levantándose y yéndose de allí para no encontrarse con él.

–*Grazie*, Jacqueline –le oyó ella replicar–. Pero necesito mi maletín. Creo que llamaré desde la casita.

–Como quieras, pero no te olvides de que contamos contigo para la barbacoa.

–Desde luego que sí.

Chloe vio su oportunidad y subió a ponerse el ajustado bañador negro que había guardado para su luna de miel. Era el momento de acudir al encuentro de su familia sin que él estuviera presente.

Cuando él volvió, media hora después, la encontró sentada en la misma tumbona que había ocupado él, indiferente ante su vuelta.

–Entonces –murmuró él, agachándose a su lado–, ¿estabas esperando a que me marchara para salir a disfrutar de la tarde?

Ella lo miró fingiendo sorpresa.

–Tú no tienes nada que ver con eso.

–Pero esperabas que no volviera –tenía una sonrisa de sabelotodo.

–Auque no te lo creas, Nico –repuso ella con sequedad–, no tomo decisiones en función de lo que hagas tú.

–Claro –dijo, quitándose la camisa blanca, y se sentó extendiendo las fuertes y largas piernas–. Las bodas le quitan a uno mucho tiempo.

En aquel momento, ella estaba concentrada en él, no en la boda, a pesar suyo. Pero ver a Nico Moretti en bañador tomando el sol como un gato grande sobre el suelo no era un espectáculo fácil de ignorar para cualquier mujer.

Decía que tenía dinero, y eso parecía por el caro coche de alquiler que conducía, el reloj de oro que había dejado sobre la mesa y la fina ropa que llevaba, pero aún conservaba el cuerpo de un hombre acostumbrado al trabajo físico. Era todo fuerza y músculos.

–Tengo miedo de aplastarte –le había dicho muchas veces mientras hacían el amor, y la levantaba sobre sus caderas, entrando en ella tan profundamente como podía–. Así estas mejor –murmuraba, acariciándole los pechos–. Puedo tocarte, mirarte... *cosi bella*...

Tenía unos ojos preciosos: grandes, negros y con largas pestañas. Con una sola mirada podía hacer que su corazón se acelerase o dejarla húmeda y llena de deseo por él.

Consciente de que su mirada estaba fija en ella y que el recuerdo había hecho que sus pezones se endurecieran y su piel enrojeciese, se levantó y dijo:

–Disculpa, el sol empieza a hacerme daño.

Intentando no correr como un ratón asustado, se dirigió hacia el lado profundo de la piscina.

Poniéndose en pie de un salto, Nico fue hacia ella y saltó al agua de cabeza.

–Ven conmigo –invitó, con el pelo pegado a la cabeza.

–No, gracias.

Pero antes de que pudiera apartarse del borde, él le atrapó un tobillo.

–Acabas de decir que el sol te estaba haciendo daño. No hay pecado en que dos personas compartan piscina si tres carabinas los vigilan –dijo, en voz baja y casi hipnótica–. ¿De qué tienes miedo, tesoro?

–De no poder resistir la tentación de ahogarte.

El modo en que él se echó a reír le tocó la fibra sensible. Hubo un tiempo en que los dos reían así a menudo, por cosas sin importancia, pero de un modo tan contagioso que la gente que los miraba también sonreía.

–Me arriesgaré –dijo él, tirando del tobillo y arrojándola al agua, casi sobre él.

Ambos se hundieron en una maraña de brazos y piernas, músculos masculinos y curvas femeninas chocando. Ante el contacto, Chloe abrió los ojos y vio que él también los tenía abiertos bajo el agua, y que el fuego que llevaban dentro era inextinguible.

Él la atrajo hacia sí, y ella se dejó llevar, incapaz de resistirse contra la corriente. Sintió que chocaba con suavidad contra él y sintió su pierna deslizarse entre las suyas, sus manos sobre su trasero y cómo la atraía íntimamente hacia él, contra la erección que no se esforzaba en ocultar.

Le ardían los pulmones. Ella movió la cabeza y señaló hacia arriba, empujándole el pecho. Él asintió, comprensivo, rozó sus labios con los suyos, y con un golpe de piernas hizo que ascendieran juntos.

–¿Intentabas ahogarme? –consiguió articular ella cuando reunió aliento para hablar.

–No –murmuró él, ambiguo, rodeándole la cintura con las manos, muslo contra muslo sin retirar la mirada–. Intentaba salvarte.

–¿Qué significa eso?

–¿No lo sabes? –ronroneó él, colándose en su alma.

–¡Chloe! ¿Estás bien?

La voz terriblemente familiar de otro hombre interrumpió el momento y Baron, preocupado, se acercó corriendo al borde de la piscina cerca del cual Nico y ella flotaban como corchos. Lo peor era que sus padres, con expresión de desaprobación y perplejidad, observaban toda la escena desde el patio.

Deseando haberse ahogado, Chloe se liberó de los brazos de Nico y tomó la mano que le ofrecía Baron para salir de la piscina.

–Estoy bien –dijo, esperando que no le viera la culpa en la cara–. Tropecé en el borde y...

–¿Has tragado mucho agua? –sonrió él, colocándole un mechón mojado tras la oreja.

–Hum... sí.

–Menos mal que no te golpeaste al caer.

Una pena no haberse golpeado y haberse desmayado. Así tendría una excusa para encontrarse en los brazos de Nico en presencia de su familia política.

–¿Qué haces aquí, Baron? –preguntó ella, volviendo la espalda a la piscina y a su único ocupante–. Creía que no íbamos a vernos hasta el martes para ir a ver la casa.

–Ésa es la razón por la que hemos venido, cariño. Espero que me perdones por no ir contigo a ver al arquitecto, pero tú tienes mejor ojo que yo para estas cosas, de todos modos. Pensaba llevar a mis padres a dar una vuelta por la zona durante dos días y sé que tú estás muy ocupada. ¿No te importa que te dejemos aquí?

–Oh, claro que no. Es una buena idea.

No tendría que soportar las miradas de su madre, cuya expresión se tornaba más sombría a cada segundo.

–¿De verdad?

–¡Claro! Pasadlo bien. –Chloe se sentía morir al ver que Nico había salido de la piscina, se había secado y su abuela se lo estaba presentando a los padres de Baron.

Phyllis, que no creía que lo bueno es breve, además estaba aportando detalles:

–Sí, el primer marido de Chloe –confirmaba mientras Baron y Chloe se acercaban a ellos–. Vive en Italia pero viene a veces por negocios y siempre se queda aquí, según tengo entendido. Auque estén divorciados, sigue siendo amigo de la familia. Algo poco habitual, ¿verdad?

–Pues sí –fue la fría respuesta de la señora Prescott–. La ex mujer de Baron no es bienvenida en mi casa –se volvió hacia Chloe–. Hola, Chloe. Supongo que teníamos que haber llamado antes de venir. Es obvio que no estabas preparada para recibirnos.

–Oh, claro que no, señora Prescott –replicó Chloe, manteniendo su mirada con la cabeza alta–. Son bienvenidos en cualquier momento, como mi madre ya les habrá dicho.

–Exacto –dijo Jacqueline–. Nico va a hacer un salmón a la barbacoa y hay suficiente para todos.

–¿Él? –dijo la señora Prescott mirándolo como si tuviera delante a un asesino en serie–. Espero que no pretendas que mi hijo se ponga un delantal cuando se convierta en tu marido, Chloe.

Intentando mantener la paz a cualquier precio, Baron intercedió antes de que Chloe respondiera.

–Los tiempos cambian, madre –indicó–. Chloe y yo compartiremos las tareas. Recuerda que ella continuará trabajando en el bufete después de la boda.

–Cuando me casé, me las apañé para seguir con mi trabajo y cuidar de las necesidades de mi marido –declaró Myrna Prescott–. Estoy segura de que ésa es una de las razones de que nuestro matrimonio durara.

Charlotte, que hasta entonces se había contentado con escuchar, dijo suavemente:

–Creo que hacer que un matrimonio funcione va más allá de quién lleva el delantal. El abuelo de Chloe me sirvió el desayuno en la cama hasta el día de su muerte, y fuimos muy felices juntos durante cuarenta y cinco años.

–Lo que demuestra que no hay un modo único de hacer las cosas –dijo Jacqueline, indicando las sillas del patio–. Tomad asiento, traeré un aperitivo. Chloe, ¿me ayudas?

–Claro –hizo un gesto de cabeza a los Prescott y se marchó con su madre.

–¡Bueno! –exclamó su madre cuando estuvieron solas en la cocina–. Si no sabías lo que se espera de una esposa de Prescott, ¡ya lo sabes!

Chloe hundió la cara entre las manos.

–Esta semana está resultando una pesadilla, mamá. Primero, Nico, y después la madre de Baron... ¿Qué vendrá después?

–La boda y pasar toda tu vida con Baron –dijo

Jacqueline sombría, sacando unos aperitivos de la nevera–. ¿Sigues diciendo que eso es lo que quieres o estás lista para admitir que tienes dudas al respecto?

Chloe no respondió.

–No me preguntes eso –dijo, con voz rota–. Me siento como si no tuviera nada claro. La cabeza me dice que estoy haciendo lo correcto, pero...

–¿Tu corazón te dice lo contrario? –su madre la abrazó–. Tal vez debas escucharlo, cariño.

Ella se pasó una mano por los ojos y rompió a hablar.

–La última vez que hice esto, acabé herida. Juré que no dejaría que nadie me hiciera pasar por esa agonía otra vez.

–No puedes controlar todo lo que pasa en tu vida, Chloe. Tienes que asumir lo que te depara el destino y además tener el coraje de admitir que te has equivocado. Si no estás preparada para casarte, sólo tienes que decirlo. No es demasiado tarde para anular la boda o para posponerla. Tienes tiempo hasta el «sí, quiero».

–¿Tienes idea de lo que estás diciendo? La mitad de los invitados repartidos por todo el país están de camino. Se podría inaugurar una tienda de regalos con las cosas que hay en la biblioteca. Baron y yo hemos comprado una casa y hemos comprado muebles, alfombras y cortinas –se detuvo un momento para tomar aliento y volver a la carga–. En estos momentos deben estar sacrificando un montón de animales que servirán de comida en la boda.

–¿Y? –dijo Jacqueline con calma, sacando copas y servilletas.

–¡Qué esto no sólo me afecta a mí!

Su madre dejó lo que estaba haciendo y la miró a los ojos.

–¿Y Nico?

Chloe se volvió hacia la ventana, incapaz de mirar a su madre a los ojos. Fuera, sus padrinos intentaban entretener a los padres de Baron, claramente una causa perdida, y Baron y Nico hablaban animadamente.

Ambos eran altos, cerca de un metro noventa centímetros, pero ahí acababan todos los símiles. Baron era delgado, de una belleza refinada. Tenía ojos azul claro y una sonrisa dulce: parecía lo que era, un abogado algo tímido de una indiscutible integridad moral.

Nico, por otro lado, era un hombre ambicioso. El pelo y los ojos oscuros, de complexión fuerte y morena, exhalaba un magnetismo animal indiscutible. Tenía la cara de un centurión romano, con una complexión facial fuerte y angulosa. La determinación se leía en sus ojos y en su gesto: luchar o morir luchando.

Baron no podía compararse con su predecesor: no era tan sensual ni tan divertido. En absoluto tan irresistible, pero mucho menos peligroso de amar.

Ella confiaba en su influencia serena y sus fríos razonamientos. Con él se sentía segura.

Hacía poco tiempo había pensado que eso sería suficiente, que los días de pasión desenfrenada y salvaje se habían acabado, que estaba preparada para un romance más sereno.

–¿Y bien, Chloe? –insistió su madre–. ¿Cuánto afecta Nico a cómo te sientes?

Ella volvió a mirar a Baron. La brisa de la tarde le había despeinado y descolocado su camisa. Él se colocó la camisa y el pelo, restaurando el orden.

Pero Nico estaba impasible e intacto. Si Baron era el puerto que ofrecía refugio, Nico era el faro que desafiaba a los elementos, plantando cara a la batalla.

–Él es la razón de todo, mamá –dijo ella–, que es lo que esperabas que pasara cuando lo invitaste a quedarse. Pero no voy a caer en la trampa de nuevo. Es un aventurero, un optimista irreverente que siempre planta batalla, aunque tenga pocas opciones de victoria. Y ésa no es la vida que quiero.

–¿Entonces todo va según los planes? –preguntó la señora Prescott entre sorbos de vino. Los restos del salmón descansaban en la bandeja junto con un poco de ensalada y unas patatas asadas con mantequilla y orégano–. ¿La boda se celebrará como se había planeado?

–¿Por qué no iba a celebrarse? –preguntó el novio tomando la mano de Chloe, gesto que provocó un rechinar de dientes por parte de Nico.

–Oh, siempre existe la posibilidad de echarse atrás, Baron.

–No, en nuestro caso. La semana que viene a esta hora estaremos en las Bahamas, cenando una deliciosa langosta caribeña después de haber pasado el día buceando en el Lago del Paraíso.

–Así que allí es donde vais –dijo ella abriendo las aletas de la nariz–. Puesto que os casáis en verano, esperaba que pasarais la luna de miel en el lago. Ya sabes lo bonito que está en esta época y siempre te ha gustado nadar allí. ¿Qué tiene el Lago del Paraíso que no tenga el nuestro?

–¿Pasar la luna de miel en el lago con vosotros? No puedes decirlo en serio.

–Bueno, no exactamente. Hay dos cabañas en la propiedad, así que podríais estar solos casi todo el tiempo.

–Los recién casados quieren estar solos todo el tiempo, Myrna –repuso su padre.

Ella dejó los cubiertos y lo miró agriamente.

–Estaría de acuerdo si fuera su primera boda, pero gastar una pequeña fortuna en una luna de miel por una segunda boda me parece tan improcedente como que la novia se vista de blanco.

–Resulta que el vestido de Chloe es blanco –dijo Charlotte–. Y estoy segura de que estará preciosa.

–Bueno, es más bien blanco roto –murmuró Chloe.

–Como debe ser –sentenció la madre de él–, dadas las circunstancias.

Hasta entonces se había contentado con observar la escena, pero tras el último comentario, Nico decidió que la futura suegra de Chloe tenía demasiadas opiniones sobre ciertos asuntos que no eran de su incumbencia y decidió acabar con ello.

–Yo llevé a Chloe a Venecia en nuestra luna de miel, pero no nadamos en los canales ¿verdad, *cara*?

–Verdad –replicó ella, lanzándole una mirada asesina–. Están repugnantes.

–¿Y qué esperabas? –dijo Myrna Prescott, con un nuevo movimiento de aletas nasales–. Venecia es inseparable de su aroma distintivo. La ciudad se ha convertido en un tópico para los turistas, que la han arruinado.

–Yo no puedo considerarme un turista, *signora* –dijo él, fríamente–. He vivido toda mi vida en Verona, *la Citta degli Romeo e Giulietta*, y tal vez usted no sepa que está en la misma provincia que Venecia.

Aunque existe una rivalidad amistosa entre las dos ciudades, están muy cerca y he pasado mucho tiempo explorando los tesoros venecianos.

–¿Es ahí donde aprendió a cocinar así el salmón? –indicó apartando el plato de comida casi intacto.

–Lo aprendí de mi madre. En la cocina veronesa se utiliza mucho el pescado y el marisco.

–Demasiado ajo, lo siento. Es demasiado fuerte.

–Tal vez le guste más el postre –dijo Chloe, intentando mantener la paz–. Tenemos tiramisú.

–¿Mas cocina italiana? Por Dios, querido, si te gusta tanto tu país, no puedo imaginar por qué desea casarse con una canadiense. Sería mucho más feliz estando en Italia todo el tiempo –se limpió los labios con la servilleta–. Pasaré del postre, gracias. Estoy vigilando mi peso.

«¡Muy bien hecho!», pensó Nico. Aquella mujer era una víbora que, además, tenía a su hijo y su marido completamente dominados, a pesar de la vergüenza que sentían ambos.

Jacqueline lo miró a los ojos y sacudió levemente la cabeza.

–En mi opinión, ambos países tienen cosas buenas.

–Y Jacqueline lo sabe bien –dijo su bien intencionada pero cabeza de chorlito de madrina, Phyllis–. Estuvo un mes allí cuando Chloe tuvo a su niño.

–¿Tienes un hijo? –escandalizada, la víbora se volvió a Chloe que estaba helada, pálida en su dolor.

–Madre... –dijo Baron–. Esto no es algo que...

Pero ella lo acalló de un manotazo.

–Debes saber, Chloe, que Baron no tiene ningún interés en tener hijos, cuando menos los hijos de otro.

Nico se lamentó de que fuera una mujer. Si hubiera sido un hombre, lo habría arrojado sobre la mesa, agarrado por la garganta y lo hubiera sacudido como un pelele.

Baron parecía furioso, lo que hablaba bien en su favor.

–Deja el tema ahora mismo, madre –ordenó con una voz sorprendentemente firme.

–¡No lo haré! No puedes pretender que me quede callada mientras te metes en otro matrimonio condenado desde el principio, no después...

–No se preocupe tanto, *signora* –interrumpió Nico, ante el débil gemido de Chloe, que parecía mirarlo para que la rescatase con los ojos tan abiertos y tan llenos de dolor que el corazón se le contrajo–. Mi hijo no molestará al suyo.

–Ah –parpadeó la señora Prescott–. ¿Quiere decir que el niño vive con usted en Italia?

–Se podría decir así. Él está enterrado en el cementerio de una iglesia cercana a mi casa en Verona.

Se hizo el silencio total antes de que Jacqueline hablase.

–Podemos tomar el café dentro, si lo preferís. Parece que hace un poco de frío aquí fuera.

Y por fin habló el marido.

–Gracias, pero no forzaremos por más tiempo su hospitalidad, señora Matheson. Creo que hemos abusado de su bienvenida. Myrna, vamos. Dejemos a estas personas disfrutar de lo que queda de la velada, si eso es aún posible. Baron, podemos tomar un taxi si deseas quedarte.

–No –dijo él–. Chloe está al borde del colapso. Creo que ya ha tenido suficiente por hoy.

La mirada de ternura que dirigió a Chloe causó una punzada de lástima en Nico. Baron era un buen hombre y quería a Chloe. No merecía que lo plantaran frente al altar.

Pero Nico sabía mejor que nadie que no se podía controlar el destino y que a veces algunas personas buenas sufrían cosas malas.

–¿Y bien? –preguntó Jacqueline en la cocina, mirándolo ansiosa, una vez que se hubieron marchado las visitas–. ¿Qué te ha parecido la actuación de hoy?

–Que la *signora* Prescott me ha aclarado las ideas –dijo Nico, aún furioso–. Ella no quiere que su hijo se case con tu hija, *cara*, y después del episodio de esta noche, haré todo lo posible para que se cumplan sus deseos.

–Espero que lo consigas. Chloe ha estado a punto de venirse abajo con el terrible asunto de Luciano –se llevó la mano a la frente–. Pero cinco días es muy poco, Nico. ¿Y si no es suficiente para romper el orgullo de Chloe?

–Tendremos que apañárnoslas con lo que tenemos. No nos daremos por vencidos, así que esto aún no se ha acabado.

Ella sonrió por primera vez desde hacía horas y abrazó a Nico.

Capítulo 5

Lunes, 24 de agosto

ELLA SE despertó temprano, casi antes de la salida del sol. Tampoco había dormido mucho, normal después del incidente del día anterior.

En silencio para no molestar a su madre y a su abuela, se puso unos viejos pantalones cortos y una camiseta y salió por una puerta lateral hacia el bosque cercano que rodeaba el estanque en el que solía jugar cuando era pequeña. La casa del árbol ya no estaba allí, pero sí el banco de piedra que tanto le gustaba en su adolescencia. Estaba cubierto de musgo, pero se sentó y con las piernas dobladas sobre el asiento, mirando el agua, intentando dejarse invadir por su calma. En su mente reinaba el caos total, sus emociones estaban exhaustas y no podía pensar con claridad.

¿Podía lo suyo con Baron tener un final feliz? ¿Sería capaz de resurgir del laberinto de recuerdos y confusión en el que estaba perdida y encontrar el camino de nuevo hasta él?

Oyó un ruido. Alguien se acercaba. Nico.

Chloe no se sorprendió cuando él se sentó en el banco a su lado. De algún modo, por muy lejos que estuvieran uno del otro, la conexión intuitiva que había entre ellos nunca desapareció por completo, y seguían anticipándose a los movimientos del otro. El tenerlo a su lado le resultaba extrañamente reconfortante. Él era la única constante en un mundo que cambiaba sin parar.

Durante un rato, ninguno de los dos habló. Juntos, observaron la Bahía Semiahmoo y el pico nevado del Monte Baker, elevándose desde el otro lado de la frontera sur, en Washington.

–¿Cómo sabías dónde encontrarme? –preguntó ella sin mirarlo.

–Estaba dando un paseo por el jardín y te vi salir de la casa. Te hubiera seguido inmediatamente, pero parecías muy pensativa y parecías necesitar estar sola.

–Sí.

–¿Estás mejor?

–No.

–¿Sigues pensando en lo de anoche? –hizo un ruido gutural–. La madre del novio debería mantener la boca cerrada.

–No es por ella, Nico. Vive a tres mil millas de aquí, así que no nos veremos mucho.

–Es verdad, no es por ella, sino por ti –dijo él, sin dejar de mirar al frente.

–Sí –dijo, estremeciéndose–. Tengo que aprender a borrar el pasado y concentrarme en el futuro. Lo sé, pero mi corazón no lo acepta –dijo, con una mano sobre el pecho.

–No es fácil borrar una parte de tu vida, *bella*.

–Pero tú lo has conseguido.

–¿Eso crees? Estás equivocada. Simplemente he conseguido asimilar las cosas que no puedo cambiar.

–¿Cómo lo has conseguido?

–Recordando los buenos momentos–dijo él–. Es sorprendente cuántos hay.

Ella lo miró, como si al hacerlo consiguiera atrapar parte de su fuerza. Fue un error. Sus miradas se entrelazaron y un segundo después, contra sus deseos, se encontró a sí misma inclinándose sobre él hasta que sintió su aliento en la cara.

–Y negándome a admitir la derrota hasta ganar la guerra –susurró él, sólo un segundo antes de que su boca se acercara a la suya intentando persuadirla dulcemente.

Ella sabía que era una locura dejar libres a sus labios, cerrar los ojos y rendirse sin más. Sabía que tenía que apartarse y negarse el consuelo ilícito de su beso. Él no la retenía, no la tocaba excepto con los labios.

Pero fue suficiente. Suficiente para recordarle cómo era antes, antes de que todo acabara mal.

Cuando él por fin se apartó, el terrible vacío que le dejó tras su marcha venció las barreras que había puesto durante tanto tiempo y las lágrimas fluyeron en cascada.

–¿Por qué lloras? –preguntó él con dulzura.

–Ya lo sabes –dijo entre sollozos.

–¿Te estás acordando de Luciano?

Él parecía tan controlado, tan tranquilo, que ella le devolvió la pregunta, enfadada.

–¿Tú no?

–Claro que sí –dijo él–. Siempre. Pero no del modo en que lo haces tú. Para mí, los recuerdos de nuestro hijo son bellos. Todas las cosas bellas me recuerdan el gran regalo que recibimos, y aún no puedo creer que ese regalo no viva en algún sitio. Creo que algún día volveré a encontrarlo de nuevo.

–Ojalá tuviera tu fe –dijo ella con amargura, secándose las lágrimas en la camiseta de él.

–Yo también desearía que la tuvieras. Desearía que pudieras curarte –su voz se endureció–. Tal vez de ese modo no quisieras refugiarte en un hombre que no puede hacerte feliz.

Ella se apartó y lo miró.

–¿Por qué dices eso? –dijo–. Ni siquiera conoces a Baron.

–Pero te conozco a ti lo suficiente para ver que no deseas realmente esa unión. No estás deseosa ni ansiosa, *mia inamorata.*

Desde que él llegó, la estaba haciendo pasar por un infierno.

–¡Es tu orgullo masculino lo que te hace decir eso! No puedes soportar la idea de que me case con otro hombre.

–No es eso, sino que no puedo soportar tu decepción. Solías ser sincera, Chloe, pero ahora prefieres quedarte con el segundo mejor en lugar de enfrentarte a la verdad.

–Nunca he mentido a Baron, ni él a mí. Hemos abordado nuestro matrimonio como adultos y estamos de acuerdo en todo. Ninguno de los dos quiere tener hijos.

–¿Y si llegan?

–Eso no ocurrirá. Baron hizo lo necesario.

–Ah –dijo con aquella irritante sonrisa–. Aceptó someterse a un pequeño corte quirúrgico.

–No seas tan vulgar. Además, él lo hizo antes de conocernos.

–Tal vez no quiera ser padre, pero si se casa contigo, eso es lo que acabará siendo –dijo él, con un tono rudo–. Porque eso es lo que deseas de él, alguien en quien apoyarte, que te cuide y te proteja. ¿Sabe ya que nunca habrá mucha pasión entre vosotros? Tal vez lo hayas fingido tan bien que no se ha dado cuenta.

–Nuestra vida sexual irá bien, gracias.

–¿Irá? –se echó hacia atrás y la miró, divertido–. ¿Quieres decir que no sabes cómo es aún?

Ella lo miró como si le hubiera hecho la pregunta más absurda del mundo, pero el rojo de sus mejillas la traicionó.

–No has hecho el amor con él, ¿verdad? –dijo, fingiendo sorpresa–. Se ha contentado con un casto beso. Tal vez le hayas dejado meterte la lengua en la boca o tocarte los pechos de vez en cuando, para mantener el interés.

–Eso no es asunto tuyo –replicó ella, desdeñosa–. Y no puedo creer que estemos teniendo esta conversación.

Él siguió como si nada.

–No puedo creer que esté dispuesto a someterse a esta farsa de boda. ¡Despierta, Chloe! Tal vez no conozca bien a Baron, pero sí te conozco a ti. ¿Cuánto tiempo crees que soportará tener una mujer que simplemente hace lo que se supone que tiene que hacer, sin poner interés en ello?

–Se ve que eres un experto en matrimonios –dijo ella, irónica.

–Lo aprendí de primera mano: tiene que haber amor para mantener una relación –le tomó las manos, las volvió y antes de que ella pudiera adivinar sus intenciones le besó primero una palma y después la otra–. También aprendí que el amor no muere cuando tú lo deseas. Si es de verdad, dura a pesar de todo.

Sorprendentemente, una chispa de puro placer sexual recorrió su cuerpo hasta llegar entre sus piernas.

–¡Para! –se quejó ella, haciendo un leve esfuerzo por liberarse.

Él no la soltó y en su lugar, deslizó la lengua por la cara interna de la muñeca, donde su pulso se notaba con tanta fuerza que parecía que iba a romperle la piel.

–Teníamos todo el amor del mundo, Chloe –murmuró él, mirándola desde debajo dc sus densas pestañas–. Era la magia que había entre nosotros.

–Pero no duró, Nico –dijo ella con tristeza–. La muerte de nuestro hijo mató lo que sentíamos el uno por el otro.

–¿Sí? ¿Entonces por qué me muero por volverte a abrazar? ¿Por besar tus preciosos ojos? ¿Por sentirte cálida y viva bajo mi cuerpo?

Otra oleada de sensaciones la recorrió, dejando su ropa interior mojada por el calor de sus palabras.

–No puedes decirme esas cosas ahora.

–¿Por qué no? –la atrajo hacia sí, rozándole tentadoramente los pezones con su cuerpo–. ¿Lo que te digo no te excita?

Ella suspiró, sin fuerzas para negar su derrota.

–Más de lo que te imaginas.

–Entonces, deja de luchar –su voz la envolvía como una red hipnótica–. Déjate volver a sentir, tesoro. Libérate.

Conteniendo un estremecimiento, dijo:

–No puedo, Nico. Tengo miedo.

–No tengas miedo. Confía en ti misma y confía en mí.

Eso era lo que había dicho Baron.

–Chloe, *preziosa*... –los brazos de Nico la rodearon, sus labios la buscaron, llevándola aún más cerca del borde del abismo.

–No puedo hacer esto –sollozó ella, deseándolo tanto que le dolía–. ¡No está bien!

–Para mí sí está bien.

Ella lo golpeó con furia. Era más fácil tratar la ira que el miedo.

–Eres egoísta y no te importa nadie más que tú mismo.

Él la soltó con tanta rapidez que ella estuvo a punto de caerse de espaldas.

–Tú eres la egoísta, *cara mia* –declaró fríamente–. Vas a utilizar a un hombre para que te sirva de escudo. Lo condenarás a una muerte en vida, como harás contigo misma.

–Si eso es lo que piensas de mí, deberías estar agradecido de que te detuviera antes de decidir elegirte a ti en lugar de a Baron. Pero no es eso lo que quieres, ¿verdad? Lo único que quieres es hacerme dudar y estropear lo que tengo con él.

–¿Por qué tendría que molestarme si estás haciéndolo tú solita tan bien? ¿Por qué lo haces? ¿Crees que no mereces volver a ser feliz? ¿Es tu modo de castigarte por la muerte de Luciano?

–No fui yo quien insistió en dejarlo con una cuidadora aquella noche. Si alguien necesita un castigo, ése eres tú.

–Por supuesto que sí –dijo, lleno de sarcasmo–. Nico, eres estúpido. ¿Cómo no pudiste predecir la tragedia que se avecinaba? ¿Cómo es que eres un hombre en lugar de un dios?

–Si no hubieras insistido tanto en salir, si me hubieras dejado estar en casa, como quería...

–No hubieras podido hacer nada, Chloe. ¿Me oyes? ¡Nada! –empezó a hablar con suavidad, pero acabó en un rugido tan lleno de furia y frustración que ella tuvo miedo.

–¡No puedes saberlo! –repuso ella–. Si hubiera estado allí, me hubiera dado cuenta si dejaba de respirar y hubiera podido ayudarlo. Pero no, teníamos que hacer las cosas a tu manera e ir a un restaurante a gastar el dinero que no teníamos. ¿A quién creías que impresionabas mientras nuestro hijo moría?

–A ti –admitió él, soltando chispas por los ojos–. ¡A ti! Pero estabas tan apegada al bebé que no te dabas ni cuenta. A veces pienso que fue mejor así, porque si hubiera vivido se hubiera convertido en un niño siempre pegado a las faldas de su madre.

–¡Por lo menos hubiera sabido que uno de sus padres se preocupaba por él!

Estaban gritándose el uno al otro, como misiles destinados a destruirse mutuamente. Cuando se dieron cuenta, se quedaron en silencio. Sólo se podía oír sus respiraciones agitadas. Se separaron y se quedaron mirando el mar.

Chloe sabía que se tenía que ir, que jugaba con fuego al quedarse allí, pero no tenía fuerzas para moverse.

Al cabo de un rato, él dijo en voz baja:

–¿Recuerdas la última vez que nos sentamos juntos en un banco de piedra en agosto?

–Fue en Verona. En el anfiteatro romano. Me llevaste a la ópera, pero se nos olvidó llevar cojines.

–No nos dimos cuenta. Estábamos arropados con la música y con el calor del otro.

–Esa mañana me había enterado de que estaba embarazada.

–Y me lo contaste al empezar el acto tercero. Me perdí el resto del espectáculo. Sólo podía mirarte a ti y pensar en ti.

–No fue así, realmente –dijo ella–. Te pusiste de pie y gritaste a todo el mundo que íbamos a tener un *bambino*. Creaste tal revuelo que la gente te gritó que te callaras o que me sacaras de allí. Pero dijiste que merecía algo mejor que aquel pobre y pequeño apartamento.

–Es verdad –dijo él, con una sonrisa en la voz–. Fuimos al campo, al río.

–En la vespa que el vecino te «prestó» sin saberlo.

–Sí, y fue maravilloso. Contigo detrás de mí, abrazada a mi cintura y tu cuerpo contra el mío.

–Y tú cantando a pleno pulmón todo el camino. Aún me sorprende que la policía no nos detuviera por escándalo.

–Estaba cantándole serenatas a mi mujer embarazada, la *polizia* lo hubiera entendido –su tono de voz se llenó de nostalgia–. Fue una noche mágica: el río, la hierba, la sombra de los árboles que ocultó a una pareja ansiosa de poseerse el uno al otro... ¿te acuerdas, Chloe?

¿Acordarse? Casi podía oler la dulce fragancia de la hierba en verano, el almizcle del amor. Si cerraba los ojos, podía ver el reflejo de la luna sobre los cuerpos desnudos.

–Vagamente. Creo que dormimos hasta la salida del sol.

–Hicimos el amor, *cara mia*, toda la noche. Celebramos tu embarazo del mismo modo que lo habíamos iniciado. Con pasión y ternura. Estuvimos tumbados, abrazados, bajo las estrellas. No puedes haber olvidado eso.

No, no lo había olvidado.

–Coloqué la cabeza sobre tu vientre y le susurré a nuestro hijo.

¡Hizo mucho más que eso! Había hundido su cabeza mucho más abajo, separándole las piernas con aquel instinto para encontrar sus puntos débiles y puso sus labios ¡«allí»!

–Para ti, pequeño, de tu papá –había murmurado, soplando suavemente contra su carne para enviar el beso volando dentro de ella.

Excitada hasta un estado febril, ella había estallado en un orgasmo. Cerró las piernas y lo mantuvo cautivo. Él, feliz de descubrir todos los aspectos de su sensualidad, había jugado con su lengua sobre ella, prolongando el placer.

Después, permanecieron abrazados hasta la salida del sol.

–Este niño no sabrá lo que es la necesidad –prometió él–. Cuidaré de los dos, y dentro de poco viviremos en una mansión llena de sirvientes. Tendrás un coche caro y comprarás en las mejores tiendas.

–No necesito nada de eso –le había respondido ella–. Sólo te necesito a ti.

–Me tienes ahora y me tendrás siempre.

Pero al final, aquello no fue suficiente. Cuando tuvieron problemas, no fueron capaces de ayudarse el uno al otro y se separaron en un duelo en solitario.

–Parece que fue hace mucho tiempo –dijo él, con voz triste.

–En algunas cosas, sí.

Mucho tiempo desde la última vez que lo abrazó, que le tomó las manitas. Pero no había pasado suficiente tiempo para aceptar aquel terrible golpe del destino que la había afectado tan profundamente. Después de tanto tiempo, aún sentía dolor en los pezones, como si sus pechos tuvieran leche, y lloraba hasta que se dormía. Ver a una madre con su hijo o a un niño en el regazo de Santa Claus en Navidades era suficiente para hacer que se le saltaran las lágrimas.

–Han cambiado muchas cosas desde entonces.

–¿Sí?

–Sin ir más lejos, estás prometida a otro hombre.

–¿Y tú, Nico? –preguntó ella, contenta de desviar la conversación. Nunca podrían hablar en igualdad de condiciones de la muerte de su hijo–. ¿Hay alguna mujer en tu vida?

–Ahora no –dijo él.

–¿Ha habido otras?

–Claro. ¿No querrás que viva como un cura?

–Claro que no.

–¿Pero no te gusta?

–No tiene que gustarme ni disgustarme –dijo, intentando parecer indiferente a pesar de la punzada que había sentido–. Eres soltero y puedes estar con quien quieras. ¿Volverás a casarte?

Ella lo encontraba irresistible y era normal que otras mujeres también.

–Por supuesto, cuando aparezca la mujer adecuada –dijo, encogiéndose de hombros–. Después de todo sólo tengo treinta y cuatro años y no me veo sin el amor y la compañía de una mujer a mi lado otros cincuenta. Yo no soy así.

Estremecida, Chloe se dio cuenta de que no se hacía a la idea de verlo con otra mujer que no fuera ella. Decidió cambiar de tema.

–¿Y tu familia? –preguntó–. ¿Cómo están tus hermanas?

–Muy bien. Carmina y Rogero tuvieron una niña el año pasado, por fin, después de tres chicos. Abree y Chiaro tienen tres niñas.

–¿Y Belva? Estaba embarazada cuando me marché de Verona.

–Tuvo un niño, Sabatino. Ahora tiene cuatro años. Desde entonces han tenido dos niños más, Augusto, de dos años y Vicenzo, que acaba de cumplir uno.

–¿Y Delia? ¿Tiene niños?

–Tres: Blanche, que cumplirá cuatro en diciembre, Milinda de dieciocho meses y Riccardo, que sólo tiene dos.

–¡Qué bonito! –sentía un poco de envidia, tantos niños y ninguno había muerto.

Ella no le deseaba esa tragedia a nadie, y menos a la familia que la había tratado con tanto calor y dulzura. De hecho, ellos habían compartido su pena tras la muerte de Luciano, y habían acudido en masa para consolarla, rodeados de sus hijos, pero ella apenas se había dado cuenta.

–Sí –rió Nico–. ¡Y qué ruidoso cuando están todos juntos!

–Seguro que eres un tío muy cariñoso y siempre te acuerdas de sus cumpleaños y esas cosas.

–Los quiero mucho. Son parte de mi familia.

–Supongo que tu madre tendrá que trabajar mucho cuando vayan los domingos a comer.

Su rostro se ensombreció.

–Mi madre falleció el año pasado.

–Oh, Nico. Lo siento mucho. No lo sabía. La recuerdo con mucho cariño. Siempre fue muy buena conmigo.

Él se aclaró la garganta.

–No sé si te interesará saberlo, pero lo último que me dijo fue que cuidaría a Luciano por ti y que ya no estaría solo.

Otra vez las lágrimas llenaron los ojos de Chloe.

–Muy propio de tu madre, siempre pensando en los demás hasta en ese momento –dijo, secándose los ojos.

–Te quería mucho. Todos te queríamos.

–Yo también os quería.

«¡Y podría volver a quereros si me atreviera!»

Aquel pensamiento había surgido descontrolado en su cabeza, sorprendiéndola. Era demasiado tarde para intentar suprimirlo. Recordó la inacabable lista de preparativos para la boda: esculturas de hielo, caviar, carpas, alfombras rojas, cuartetos de cuerda, orquesta de baile, ornamentos florales, ramos de flores, centros de mesa, mantelerías, sillas, su vestido, preparado para ir a buscarlo a la tienda, el traje para el viaje de novios, las maletas... ¿Es que aquello no acababa nunca?

–¿Eres feliz, Chloe?

Ella no pudo mirarlo, no se atrevió.

–¿Tú qué crees, Nico?

–Que eres la novia más triste que he visto en mi

vida. Tu corazón está vacío y tú estás arrinconada y no ves escapatoria posible.

Él se equivocaba. Su corazón estaba lleno de lamentos por lo que había dejado atrás, por lo que había tirado por la borda por miedo o por desesperanza. Y, sobre, todo, porque era demasiado tarde para rectificar sus errores.

–Suponiendo que tengas razón, Nico –dijo ella, dándole vueltas al diamante que lucía en el dedo–, ¿qué crees que debo hacer?

Capítulo 6

Martes, 25 de agosto

JACQUELINE lo llamó mientras se dirigía a la oficina después de una comida de negocios.

–Sé que tendrás mucho que hacer y que no te vendrá bien que te llame para pedirte favores...

–Pero tienes un problema y necesitas mi ayuda –acabó él, reconociendo el tono angustiado de su voz–. ¿Qué pasa? ¿Chloe y Baron se han fugado?

–¡No, por Dios! Por lo que sé, sigue en Whistler con sus padres. Nico, Chloe ha perdido el sentido de la realidad con esto de la boda. Ella quería algo sencillo y fui yo la que la empujé a algo más sofisticado para pasar tiempo con ella e intentar convencerla, pero ahora se nos ha ido de las manos. Está al borde del colapso, pero insiste en que es estrés y que se le pasará cuando acabe todo, pero tú y yo sabemos que no será así.

–Desde luego.

El día anterior, cuando la tuvo en sus brazos, se dio cuenta de qué poco le faltaba para romperse; temblaba de un modo casi imperceptible, pero indudable y parecía un hilo de cristal a punto de quebrarse ante el mínimo soplo de viento.

–Lo siento, Jacqueline, pero no creo que ella quiera verme siquiera.

–No te llamo por eso. He quedado con Chloe para recogerla; está en su nueva casa, pero no podré porque mi coche está en el taller y no lo han podido reparar, y no puedo llamarla porque se ha dejado el móvil en el coche y en la casa no tienen teléfono aún.

–¿Quieres que la recoja y la lleve a casa, verdad?

–Si pudieras hacerlo, sería de gran ayuda. Tengo hora en la peluquería dentro de diez minutos y millones de cosas que hacer después y el reloj no deja de correr.

–No te preocupes, yo iré a buscarla. Dime la dirección.

Nico subió al piso quince del edificio y cruzó la puerta con el logo «NM Internazionale». Aún le impresionaba ver sus iniciales sobre esa puerta.

Nada más entrar, Donna Melino, su agente en Vancouver acudió a él con la cara ensombrecida. A pesar de su calma habitual, estaba claro que estaba muy agitada.

–Nico, tenemos un problema grave.

–Entra en la oficina –le dijo en italiano, consciente de la curiosidad de la recepcionista y la joven secretaria–. No tiene que enterarse todo el mundo.

–Lo siento –dijo ella una vez que hubieron cerrado las puertas tras de sí–. No quiero ser indiscreta, pero estoy un poco asustada.

–No podía ni imaginármelo –dijo, llenándole un vaso de agua–. ¿Qué ha ocurrido? ¿Otra huelga en el puerto? ¿Un cargamento que no llegará a tiempo?

–Peor. El contenedor que compraste... La venta se ha anulado. El agente de ventas, Bob Holmes me acaba de decir que no pueden entregarlo.

–¿Qué quieres decir con eso? ¡Firmaron un contrato!

Ella lo miró asustada.

–Intenta decírselo tú al señor Holmes. Llegará en un instante. Le he avisado de que tendría que tratar contigo sobre esto.

Él anduvo de arriba abajo por la oficina para intentar controlar su rabia. Odiaba perder dinero, mucho dinero, pero era peor perder la reputación que se había trabajado desde el primer día.

La situación sacó al luchador que llevaba dentro. Podía tener el aspecto de un hombre de negocios italiano, pero sabía lo que era luchar en la calle y ensuciarse las manos. Sabía lo que era ser engañado.

Cuando tenía quince años, reunió todo el dinero que había ganado entregando paquetes y en otros trabajitos para comprar una Polaroid y hacer fotos a los turistas. Les vendería las instantáneas de su viaje a Verona y durante dos semanas el negocio le salió redondo. Después, un chico mayor que él le robó la cámara a la carrera, pero Nico no se amilanó y salió corriendo tras él hasta que le dio caza. La lucha fue furiosa. Recuperó su preciada posesión y dejó a su adversario sangrando en el suelo. Lo que no sabía era que aquel chico pertenecía a una banda de delincuentes que fueron tras él esa misma tarde. Esta vez volvió a casa con un ojo morado, una costilla rota y la nariz sangrando, pero los otros no se fueron ilesos.

Después se corrió la voz: no meterse con Nico Moretti. Era la lección que el señor Holmes estaba a punto de aprender.

–Asegúrate de que no nos interrumpen –le dijo a

Donna–. De hecho, podéis marcharos pronto a casa. Disfrutad de la tarde libre, por una vez.

–Nico, ya no estás en las calles de Verona –le advirtió.

–Desde luego que no, Donna. He aprendido unas cuantas cosas desde entonces. No te preocupes, el señor Holmes saldrá de aquí intacto, pero seguro que muy sudoroso.

El aire olía a tormenta de verano, pensó Chloe mientras observaba el jardincito cerrado detrás de la casa. El arquitecto había propuesto varias ideas para crear la ilusión de espacio, con bonitas plantas alrededor del patio y una cascada en miniatura desde la pared a un estanque elevado.

Pobre hombre. Empezaba a sentirse irritado por la falta de entusiasmo de Chloe en el proyecto. Tenía que haberle explicado que nada le interesaba demasiado aquellos días, excepto el asunto prohibido de Nico Moretti.

Las primeras gotas de lluvia que anunciaban el diluvio que se avecinaba no tardaron en caer. Chloe entró en la casa y volvió a mirar su reloj. Casi las cinco y media. Su madre llegaba con una hora de retraso; probablemente estuviera en un atasco, aunque no le parecía propio de ella que no llamase.

Chloe recorrió todas las habitaciones ordenando cosas, colocando cuadros, pero siempre pasando de largo ante la habitación de matrimonio. Baron llevaba dos días fuera de la ciudad y no lo había echado de menos en absoluto. No quería ni pensar en compartir cama con él. No tenía tiempo, había demasiadas cosas que hacer antes del sábado.

Las seis menos cuarto y ni rastro de su madre. ¿Qué la estaría reteniendo? Empezaba a preocuparse, así que decidió buscar su móvil y llamar a su madre. A Jacqueline no le gustaba recibir llamadas mientras conducía, pero con aquella lluvia y los truenos, Chloe decidió que no podía esperar más para saber qué le había ocurrido.

En ese momento sonó el timbre.

–Gracias a Dios –murmuró mientras se dirigía a la puerta principal.

En lugar de su madre, encontró a Nico, con una expresión tan negra como el tiempo. Tenía el pelo chorreando de agua y el traje gris claro también mojado.

–¡*Merda*! –gruñó, entrando en la casa sin ceremonias–. ¿Cómo podéis vivir con este clima?

–Yo también estoy encantada de verte –respondió ella, furiosa ante el modo en que su cuerpo reaccionaba ante su presencia–. Por si acaso, nadie te ha pedido que vengas, así que no te molestes en quitarte la chaqueta.

Ignorándola, él la colgó en un perchero de bronce y miró sus zapatos enfadado.

–Ahórrate las bienvenidas, Chloe. No he venido a verte, sino porque Jacqueline me envió.

–¿Por qué no ha venido ella? ¿Qué le ha ocurrido?

–No ha sido nada, y no puedo decir lo mismo de mis zapatos. Recuérdame que traiga botas de goma hasta la cintura la próxima vez que venga a Vancouver.

–No vengas a Vancouver y no tendrás que molestarte –dijo mirándolo mientras él subía las escaleras–. ¿Y qué quieres decir con que no ha sido nada?

–Ha tenido problemas con el coche que la han retrasado. Yo también esperaba haber llegado antes, pero había otros asuntos que requerían mi atención. Siento que te asustaras.

–Tenía que haberme llamado y habría llamado a un taxi.

–Ojalá hubiera sido posible. Tengo muchas cosas que hacer aparte de hacer de chófer de un pasajero ingrato, pero Jacqueline no te ha podido llamar porque te dejaste el teléfono en su coche. Cuando acabes de reprocharme cosas, podrías ejercer de anfitriona amable y ofrecerme algo para secarme el pelo. Tu madre se escandalizaría si supiera que tratas así a tus huéspedes.

–Iré a buscarte una toalla –dijo, siendo de todo menos amable, el único modo que tenía de luchar contra él–. Espera aquí.

Una vez más la ignoró, y cuando ella salió del baño del segundo piso con una toalla en la mano, se lo encontró bloqueando el paso.

–Muy elegante –sentenció él mirando los sanitarios negros, grifería dorada y las paredes rojo burdeos. El tono de burla de su voz decía que el efecto general le parecía más divertido que chic.

–A nosotros nos gusta.

–¿Sí?

–¡Sí! –dijo, arrojándole la toalla.

–*Bene* –echó otra mirada–. Al menos alguien lo aprecia.

Ella lo miró mientras se secaba el pelo y se peinaba con tranquilidad. Chloe pensaba que cuanto antes se pusieran en camino, mejor, pero él pronto acabó con sus esperanzas.

–*Grazie* –dijo, devolviéndole la toalla y mirándola con expectación.

–¿Qué?

–¿No me vas a enseñar esta casa que te gusta tanto?

–Desde luego que no –dijo, esperando que saliese de allí. El baño no era muy grande y no estaba pensado para dos personas; él le estaba robando tanto aire que ella apenas podía respirar–. Llévame a casa ahora.

–No saldremos hasta que no deje de llover. He tenido que dejar el coche a dos manzanas de aquí y acabarás empapada.

–¿Y qué? No me derretiré.

–Pero tal vez yo sí, sobre todo si sigues lanzando tantas chispas por esos preciosos ojos azules.

–Para, Nico –dijo ella, con voz temblorosa–. No vamos a hacer esto de nuevo.

–¿Hacer qué, tesoro? Te he sugerido que me enseñes tu casa hasta que deje de llover. ¿Qué estabas pensando?

–Absolutamente nada –dijo ella, exhausta por resistirse a sus tentaciones. Accedió a enseñarle la casa, entre otras cosas, para salir del cuarto más diminuto que había en ella–. Si es importante para ti, te la enseñaré. Sígueme.

Eso hizo él, más de cerca de lo estrictamente necesario, así que su aroma, un toque de aftershave, de champú y de lluvia fresca de verano, la envolvía invitándola a la seducción. Consciente de que el único modo de resistir sería mantenerse tres pasos por delante de él, le enseñó las habitaciones a la carrera.

–Y eso es todo –le dijo, cuando acabaron en la cocina cinco minutos más tarde–. ¿Satisfecho?

–No tengo que estarlo –replicó él, atrapándola en su mirada–. No soy yo el que va a vivir aquí, pero si me lo ofrecieran, creo que preferiría vivir en una tienda de campaña que en este hogar estéril, con tantas escaleras y las habitaciones tan pequeñas.

–Teniendo en cuenta dónde creciste, me sorprende que seas tan crítico –le devolvió ella–. Si no recuerdo mal, tus hermanas y tú vivíais en una casa de cuatro habitaciones diminutas, y tú dormías en un sofá en la cocina.

–Porque mis padres eran pobres y tras la muerte de mi padre, mi madre no pudo darnos nada mejor. Pero las ventanas daban a una calle muy vital y al río Adige. Había tanto amor y tantas risas en casa que nunca echamos de menos los lujos que eran importantes para aquellos que habían nacido con una cuchara de plata en la boca. ¿Pero qué tienes aquí, Chloe, aparte de una casa cara?

Él la había avergonzado, la había hecho sentir vacía y pretenciosa. Al mirar la casa a través de sus ojos, vio también que «estéril» era un adjetivo que le iba muy bien. Todo era demasiado perfecto y el efecto completo era que le faltaba alma.

–Baron y yo trabajamos todo el día. Sólo estaremos aquí por las noches y los fines de semana, y no todos. No queremos un lugar que requiera mucho mantenimiento, sino poder cerrar la puerta sin preocuparnos de plantas que regar o perros a los que alimentar.

–Mejor –dijo Nico–. Ni un perro pequeño podría vivir aquí.

–Es una casa para adultos, no para perros ni para familias jóvenes.

–¿Para adultos? –él la estudió de pies a cabeza–. ¿Te estás lanzando de cabeza a la mediana edad?

–¿Qué quieres decir con eso? –preguntó ella, enfurecida.

Él se encogió de hombros con insolencia.

–¿Cómo te describirías a ti misma, entonces? Tan bien disfrazada de abogada, con tu traje negro, el pelo recogido en un moño bajo, y los ojos tan vacíos que parece que estés muerta.

Cayó un rayo y se fueron las luces. La lluvia seguía golpeando sin piedad contra los cristales.

–No sé lo que te ha puesto de tan mal humor, Nico –le dijo, levantado la voz para hacerse oír por encima de los truenos–. Si ha sido el tener que venir desde tan lejos a buscarme, lo siento, pero si no tienes nada positivo que decir de mi casa y de mi persona, sería mejor que no dijeras nada.

Él se pasó la mano por la cara y suspiró.

–Tienes razón, *cara*. No estoy siendo nada amable. La verdad es que no he tenido un buen día, pero no tienes que pagarlo tú.

Al oír su tono más suave, ella se ablandó.

–¿Tiene que ver con los negocios?

–Todo tiene que ver con los negocios –dijo, sacudiendo la cabeza–. A veces pienso que era más feliz cuando era pobre y no tenía nada –se encogió de hombros–. Pero ahora es demasiado tarde para pensar eso; me he dado cuenta de que tenía más que nadie en el mundo y soy consciente de la gran pérdida que sufrí, pero ésa es otra historia que te resultará familiar.

–¿Qué ha ocurrido esta tarde? –dijo ella, volviendo al tema profesional, más fácil de tratar.

–Una venta se ha echado a perder.

–¿Muy importante?

–Un barco, Chloe. Tu una vez pobre ex marido ahora posee seis, y había pensado en comprar un séptimo.

–¿Barcos? –imposible ocultar la sorpresa–. ¡Por Dios, Nico! ¡Debes tener toneladas de dinero!

–Algo así... –dijo él, casi sonriendo–. Pero no son cruceros por el Mediterráneo con piscina y casino, sino barcos de carga transoceánicos que recorren el mundo entero.

–¿Y por eso vienes aquí?

–Sí. Vancouver es el mayor puerto comercial de la costa oeste de América. Mis barcos vienen aquí con regularidad a descargar mercancías de Asia, Europa y Sudamérica.

Ella tragó saliva.

–Debes estar muy orgulloso por haber conseguido todo eso en tan poco tiempo.

–¿Eso crees, verdad? Pues la verdad es que no estoy tan orgulloso y sí un poco avergonzado. Me creo un caballero, pero esta tarde me he comportado como un auténtico bruto; he perdido los nervios y he amenazado a un hombre que no es más que un intermediario.

–¿Por qué, Nico? –dijo ella, dejándose caer en un banco al lado de la ventana, molesta por lo que le acababa de decir–. Siempre estuviste obsesionado por el éxito. Ahora lo has encontrado, pero no te basta. ¿Qué importa que no pudieras comprar otro barco?

–Es importante –le informó con objetividad–, porque ahora se desencadenará un efecto dominó. Mi agente en Vancouver ha vendido el espacio en los contenedores de ese barco que iba a tener. Ahora no podré cumplir con los compromisos que adquirí y mi reputación y la de mi compañía están en duda. Tendré que subcontratar el trabajo a otra compañía con un coste extra sustancial.

–Y el dinero es importante para ti.

Era una declaración de principios, no una pregunta, y él se dio cuenta.

–Yo lo he hecho importante –dijo, sentándose a su lado–. Me ha conducido hasta donde estoy ahora. Por eso arriesgué todo lo que tenía en esos barcos, que no son lo más apropiado para un crucero de luna de miel, pero esto son negocios, no un romance.

–¿Y lo prefieres así?

–El matrimonio, el amor pueden exprimir a un hombre hasta sacarle la última gota de sangre, pero se puede volver contra él y dejarlo sin nada. Eso no pasa con los negocios. Ahí puedes mantener el control de tu vida sin que te robe el alma.

–¡Oh, Nico! Lo siento –susurró con voz rota tomándole la mano. ¿Cómo, tras la muerte de Luciano, se encerró en su propio dolor sin entender el de Nico? ¿Por qué no se unieron en lugar de separarse?

–No lo lamentes –dijo él, sin haberla entendido–. Lo superaré porque sólo se trata de dinero.

¿Eso te hace feliz?

¿Eres feliz tú con lo que tienes? –le dijo apretándole el dedo con el anillo de compromiso–. ¿Con esta cara casa, con tu trabajo? –la miró mientras intentaba atraer su mano–. ¿Con este diamante y con el hombre que te lo ha dado?

–¿Y qué ocurriría si dijera que no? –preguntó, volviendo a la tarde anterior–. ¿Qué me dirías?

Como había hecho el día anterior, él le devolvió la pregunta.

–¿Por qué me lo preguntas si eres la única que sabe eso?

–Porque tengo miedo de la respuesta –tembló ella al sentir que sus defensas se desmoronaban–. Porque, a pesar de todo, tengo miedo de estar enamorada de...

Algo chocó contra la ventana y se quedó allí pegado, interrumpiendo su confesión.

–¡Los dibujos del arquitecto! –exclamó ella, echando a correr hacia la ventana para rescatarlos.

Estaban completamente mojados y estropeados, las líneas borrosas y desfiguradas por el agua.

–Se suponía que tenía que enseñárselos a Baron cuando volviera –dijo, mientras unas lágrimas tontas empezaban a correr por sus mejillas–. Se han echado a perder, al igual que el resto de esta boda.

–Tal vez el destino quiera decirte algo –dijo Nico, mirándola–. ¿Qué estabas a punto de decirme antes de interrumpirte?

–No me acuerdo –mintió ella.

–Yo sí. Tenía que ver con que aún estás enamorada de algo –se acercó a ella y le quitó los papeles empapados de las manos–, o de alguien...

A pesar de sus deseos, ella respondió:

–Ya sabes de qué era, y sabes de quién.

–Quiero volver a oírlo y que me mires a los ojos cuando lo digas.

Ella no pudo seguir con la farsa. Al diablo con la decencia y lo que estaba bien o mal: no podía ocultar la verdad por más tiempo.

–Sigo enamorada de ti. Tengo miedo de seguir enamorada de ti para siempre. Ya está. ¿Era eso lo que querías?

Las palabras emergieron de su boca en un aullido de pánico y ella se preparó para su posible reacción: burla o desagrado.

Pero él no hizo ni dijo nada, y dejó que el silencio se adueñara de la situación hasta que ella se sintió avergonzada por su revelación.

–Di algo –murmuró ella–. Dime que estoy histérica o loca, no me dejes ahogarme en este vacío.

–No tengo palabras, tesoro. Lo único que puedo ofrecerte es esto.

La tomó entre sus brazos como si tuviera todo el derecho del mundo a hacerlo, y ella se dejó porque sentía que aquello estaba bien. Por primera vez desde que reapareció en su vida, no ofreció resistencia y levantó la cara para que la besara.

Sus labios eran tiernos, cálidos, dulces, la devolvían a la vida. Sirvieron para detener el tiempo y acallar la conciencia, le dieron valor.

Fuera, la lluvia seguía cayendo a mares, pero en su interior, en su corazón, palpitaba un antiguo tatuaje. La sangre corría por sus venas y una necesidad dolorosa la consumía.

Ayer desapareció, mañana no existía. Nada importaba más que aquel momento.

Capítulo 7

Miércoles, 26 de agosto

SI CHLOE hubiera sabido que su dama de honor, Monica, había preparado un desayuno sorpresa para la novia, no se hubiera levantado de la cama. Como no tenía ni idea, se llevó un buen susto cuando entró en la sala y su madre, su mejor amiga y su madrina, gritaron a la vez: ¡Sorpresa!

No necesitaba más sorpresas. Después de lo de la noche anterior, había tenido suficientes sorpresas durante una buena temporada y lo único que quería era encerrarse en una habitación, sin espejos, para no poder verse la culpa en la cara.

Inconscientemente, dejó que Monica la condujera hasta el sitio de honor, decorado con un montón de globos.

–No estoy vestida para una fiesta –murmuró, dándose cuenta de que era la única mal vestida de todas.

Estaba descalza y llevaba unos viejos vaqueros y una blusa blanca.

–Estás perfecta –dijo Charlotte con cariño–. ¿Verdad, Phyllis?

La madrina de Chloe sonrió:

–¡Por supuesto!

Pero Jacqueline, que acababa de llegar de la cocina de traer champán y zumo de naranja en sus mejores copas de cristal, parecía tener la sonrisa pegada a la cara, y las miradas que le dirigía a Chloe la incomodaban.

–Parece agotada. ¿A qué hora llegaste anoche, Chloe?

Debían ser las diez o las diez y media. No estaba segura.

–Esperaste a que pasara la tormenta, supongo.

–Sí, pero como era la hora de cenar, paramos a comer algo de camino a caso.

–Necesito un trago –había dicho Nico cuando por fin salieron de la casa–. Y creo que a ti también te vendrá bien.

La mirada inquisitiva de su madre no desapareció:

–¿Fue todo bien ayer por la tarde?

Chloe bajó los ojos, temerosa de que pudieran traicionarla.

–No como yo esperaba.

–¿Pero te gusta cómo está yendo?

¿Qué si le gustaba? En absoluto. A pesar de la culpa, el recuerdo de lo que ella y Nico habían hecho la noche anterior había dejado su cuerpo palpitante por los placeres prohibidos.

–Esto no es una buena idea –había murmurado él contra su boca cuando aquel primer beso de consuelo había superado las barreras de la decencia para adentrarse en un territorio mucho más comprometido.

–Lo sé.

–Tenemos que parar ahora mientras podemos.

–Sí.

Pero él había seguido besándola y ella se aseguraba de que no dejase de hacerlo. Ella recorrió con sus dedos la abotonadura de su camisa y recordó la adorable forma de su pecho. Podía sentir cómo su corazón latía al mismo ritmo que el de ella.

Olvidando toda cautela, le desabrochó los botones y deslizó las manos por dentro de su camisa. Volvía a descubrir el tacto de su piel, su pelo negro y la piel morena.

–Amiga –dijo Monica, levantando su copa–, que tengas un feliz matrimonio y una feliz vida.

Chloe hizo lo posible por sonreír como una novia radiante, como todo el mundo menos su madre esperaba que hiciera. Levantó su copa y se quedó mirando a través del delicado cristal.

Él había levantado la cabeza:

–La mia inamorata *–había susurrado con voz grave, devorándola con los ojos–. ¿Sabes lo que estás haciendo? ¿Sabes cómo acabará esto?*

–No me importa –le había dicho ella.

–Pero te importará cuando te pares a reflexionar. No eres una aventurera, ya lo has dicho muchas veces estos días.

Ella le había puesto los dedos sobre los labios y había sacudido la cabeza a modo de reproche, acallando su bien intencionada advertencia. La intensidad de su mirada la había conmovido, se sentía débil, pero tan deseosa...

Sin querer había dejado caer la cabeza hacia atrás, dejando el cuello expuesto y vulnerable. Con los ojos llenos de deseo, había mirado las gotas de lluvia deslizarse por los cristales. Nico estaba haciendo lo mismo con su lengua, trazando un camino desde sus labios por su mandíbula y hasta su garganta, haciendo que se estremeciera.

Él había bajado la cabeza aún más, apartando el cuello de su blusa, intentando desabrocharle los botones con los dientes. Ella, impaciente, no le había dejado, y se la abrió ella sola, soltando también el cierre frontal de su sujetador.

Su boca bailó sobre su piel desnuda, evocando una sensación perdida, pero nueva y aún más ansiada. Ella gimió suavemente y él respondió con otra caricia de su lengua. Aquello encendió un fuego en su interior que llegó hasta aquella recóndita zona de su cerebro que le decía que no le importaba en absoluto si aquello estaba bien o mal, porque lo único que deseaba era a él.

–¿No tienes apetito, cariño? –preguntó su madrina señalando la cantidad de comida que se amontonaba en el plato de Chloe–. Tienes que reponer fuerzas, casarse hace gastar mucha energía.

–Yo... estoy impresionada. No sabía que planeabais esto –dijo Chloe mirando la fruta fresca, los gofres belgas, el bacon, la taza de chocolate... Tomó un sorbo y dijo–. No teníais que haberos tomado tantas molestias, especialmente con todo lo que hay que hacer esta semana.

–No nos dejaste muchas opciones –dijo Monica–. No dejaste que te preparara una fiesta de despedida de soltera, pero como mejor amiga tuya y dama de honor, quería darte algo especial que recordar.

–He intentado olvidarte, Nico –había susurrado, sujetándole la cabeza contra su pecho.

–Hay cosas que merecen ser recordadas, tesoro. Tú y yo, juntos, es una de ellas –dijo antes de cerrar los labios sobre su pezón.

Giró la lengua alrededor de su punta erizada,

jugó con sus dientes y lo lamió con fruición. Aquello fulminó su último ápice de autocontrol, dejó escapar un gemido y arqueó la espalda como si la hubiera sacudido un espasmo.

Con un gruñido gutural, él le acarició los pechos, la suave curva de su abdomen y las caderas.

Le quitó la blusa de los hombros y la dejó caer sobre su cintura. Después, con las manos sobre su trasero, la atrajo hacia sí, contra su poderosa erección aún confinada bajo su ropa.

Desde atrás, su mano empezó a explorar entre las piernas de ella, que se separaron ligeramente para darle libertad de movimientos. Sus dedos acariciaron la suave piel desnuda por encima de las medias y se colaron debajo de sus bragas. Allí encontró el húmedo centro de su feminidad y lo acarició lentamente, una, dos veces.

La segunda caricia envió una descarga por todo su cuerpo y hundió los dedos en los firmes músculos de sus hombros para agarrarse a él como tabla de salvación. Él incrementó la presión sobre el centro y traspasó los pliegues de su carne, hundiéndose más profundamente dentro de ella.

Y no dejó de moverse contra ella, acompasando el ritmo a la desesperación de su necesidad. Ella deseaba tocarlo, tenerlo entre sus manos y devolverle el mismo exquisito tormento que él la estaba provocando.

Deseaba prolongar aquel momento, hacerlo durar toda la noche y toda su vida, pero él la estaba haciendo llegar al orgasmo y nada de lo que ella hiciera podía evitar que su excitación incrementase. Cada vez se acercaba más, amenazando con des-

truirla, pero ella quería que él llegara con ella, quería escuchar su gemido final de derrota y sentir el surgir cálido y urgente de su semilla. Saborear la vida en su forma más elemental.

Pillándolo por sorpresa, le bajó la cremallera del pantalón y encontró la abertura de sus boxers. Ya estaba tembloroso por la eyaculación que se avecinaba.

Con su enorme fuerza en las manos de nuevo, sintiendo su sedosa forma, lo enterró entre sus muslos y montó las sensuales olas del orgasmo, que le llegaban cada una con más fuerza que la anterior. Cuando sintió un flujo cálido en sus muslos, se dio cuenta de que no había hecho el viaje sola: Nico había sucumbido al placer al igual que ella.

–¿Más chocolate, cariño? –dijo Charlotte, con la preciosa chocolatera de porcelana entre las manos–. Tal vez prefieras algo fresco, se te ve acalorada.

–Sí, mejor un vaso de agua. Con mucho hielo –dijo Chloe, usando su servilleta para abanicarse.

–Si has acabado de comer, podemos pasar a la parte divertida –dijo Monica, acercando un carrito repleto de regalos.

–Realmente esto es demasiado –protestó ella–. El desayuno era más que suficiente.

–El desayuno sólo ha sido la introducción. Esto es el plato fuerte.

«Esto» resultó ser un montón de elementos de lencería colocados entre capas de papel de seda: un salto de cama color melocotón acabado con suaves plumas, un camisón muy sexy, medias a juego con sus zapatos de novia, braguitas de satén y encaje con lacitos azules. Lo más extravagante y ridículo de todo era un corsé sin tirantes tejido con cintas y cubierto con encaje finísimo.

–Necesitarás unos dedos finos para ponértelo –dijo Phyllis, mirando la larga fila de corchetes que le recorría la espalda.

–Ésa es mi parte –dijo Monica–. Vamos a hacer una prueba de vestuario para no ir con prisas el gran día. Pero tendremos que esperar, porque tenemos algo de lo que ocuparnos primero.

Incapaz de contener la angustia, Chloe dijo:

–¡Oh, no! Más sorpresas, no, por favor.

–Intenta comportarte como la novia encandilada y sonrojada que se supone que eres, en lugar de como un preso a punto de recibir una inyección letal –la regañó Monica–. Aunque la verdad es que has estado muy sonrojada toda la mañana. Si no te conociera bien, diría que te sientes culpable por algo.

–Y me siento culpable –dijo Chloe, buscando una excusa–. Tienes un marido y dos niños de los que cuidar. No deberías estar aquí, mimándome.

–Tu madre y tu abuela lo han hecho casi todo. Yo sólo les dije lo que hacer –dijo Monica, abrazándola con cariño–. No hace falta que pongas esa cara de preocupación. No va a ocurrir nada terrible. Simplemente decidimos que buscaríamos las cosas viejas, las cosas nuevas y las prestadas hoy, en lugar del sábado –sacó una bolsita de regalo con flores–. Ésta es mi cosa nueva para ti.

El corazón de Chloe palpitó como un pajarillo herido en su pecho cuando vio el pasador para el pelo de oro con sus nuevas iniciales grabadas. Incluso cuando estuvo casada con Nico, sus iniciales no cambiaron: C.A.M. Había algo raro en aquellas C.A.P. Suponía una ruptura definitiva con el pasado.

–Supongo que ya sabrás qué es lo prestado –dijo su madre colocándole un joyero en el regazo–. El collar y los pendientes de perlas y diamantes de la abuela Matheson. Quedarán muy bien con tu vestido.

–Y aquí tienes la liga azul –dijo Phyllis, haciéndola girar sobre su dedo–. Póntela debajo de la rodilla, cariño, por si a Baron se le ocurre quitártela con los dientes.

«¡No, por Dios!», pensó Chloe, recordando la cantidad de cosas que podía hacer Nico con los dientes. Pensar en otro hombre tomándose esas libertades le hacía echarse a temblar.

–No he envuelto el mío porque lo hemos usado –dijo Charlotte, sentándose al lado de su nieta–. Yo soy la «parte vieja». Quiero regalarte mi juego de café de porcelana. Sé que siempre te ha gustado mucho y había pensado regalártelo cuando tú y Nico... –se detuvo apretó los labios como si estuviera esforzándose para contener el llanto–. Bueno, ésa es otra historia y he aprendido que no sirve de nada aplazar las cosas puesto que la oportunidad de dar placer a una persona que quieres puede que no se presente nunca. Así que espero que disfrutes mi regalo con buena salud y felicidad, cariño. Piensa en mí cuando lo uses.

Chloe abrió la boca para felicitar a su abuela, pero en su lugar se echó a llorar.

–¡Oh, genial! –dijo Monica–. Desde luego, sabes cómo hacer que una fiesta sea todo un éxito.

–Lo siento –dijo ella entre sollozos–. Perdonadme, pero todo esto es... demasiado.

Porque la persona a la que debería pedir perdón era a Baron.

–Son los nervios previos a la boda –diagnosticó Phyllis–. Lo he visto muchas veces. El día de la boda todo irá bien, cariño. Cuando mires a Baron te olvidarás del significado de las palabras «novia nerviosa».

–Exacto –dijo Jacqueline, con un descorazonador buen humor, como si las dudas que tenía el día anterior se hubieran disipado por completo–. Sécate las lágrimas y abriré otra botella de champán. Creo que nos vendrá bien a todas.

Limpiándose la cara con la servilleta, Chloe se levantó.

–Déjame a mí. Así haré algo y no me sentiré como una idiota.

Pero su madre ya estaba en la cocina cuando Chloe la alcanzó.

–Vuelve a la fiesta, Chloe –dijo ella, sacando otra botella de la nevera–. Puedo apañármelas sola.

–No me voy a marchar –dijo Chloe, a secas–, hasta que me aclares algo que me tiene totalmente confundida.

–Dispara –dijo Jacqueline, concentrada en quitar el papel dorado del tapón de la botella.

–¿Por qué sigues adelante con todo esto cuando tú más que nadie has intentado disuadirme de que me case con Baron?

–Tú has insistido en casarte, así que te estoy tomando la palabra. Sabes lo que estás haciendo, ¿verdad?

–¿Qué he hecho? –había dicho cuando todo hubo acabado y se hubieron arreglado la ropa.

Nico, al lado de la ventana, con las manos en los bolsillos, la miró fijamente.

–¿Quieres que te lo deletree, cara*? Acabamos de hacer el amor. Sé que hace mucho que no lo hacías, pero seguro que no se te ha olvidado lo que es.*

–No, no hemos ido tan lejos –protestó ella, intentando justificarse.

–¿Por que no estaba dentro de ti cuando eyaculé? –dijo, con desprecio–. Eso es un tecnicismo, y me niego a dejar que te escondas tras él.

–Pero no le he sido infiel del todo a Baron.

Pero Nico no pensaba dejarla salirse con la suya.

–Claro que sí; en tus pensamientos –dijo, implacable–. Y en tu corazón también, si decías la verdad cuando admitiste que estabas enamorada de mí. Una mujer que le dice eso a otro hombre que no sea su prometido, es culpable de infidelidad, da igual cómo se justifique.

Incapaz de tenerse en pie, se agarró a la encimera de la cocina.

–¿Y qué hago ahora?

–Esa decisión no la tengo que tomar yo, Chloe.

–¿Eso es todo lo que tienes que decir? –gritó ella, desesperada–. No he visto que hayas reculado con tanta rapidez hace unos minutos, así que no entiendo estas reticencias. ¿Dices que te lavas las manos después de haber tenido tu momento de placer diario?

La expresión de su cara se transformó reflejando un profundo disgusto. Su boca, la misma que la había seducido unos minutos antes, se contraía de rabia y sus ojos habían perdido la pasión y brillaban furiosos.

–Si lo único que buscase fuera placer, otras muje-

res podrían proporcionármelo a un precio mucho más bajo del que tú me vas a pedir, sospecho.

Nunca antes le había hablado con tanta crueldad, pero la verdad era que había cambiado mucho desde que se divorciaron. Él era más duro, más brutal y menos compasivo.

Gracias a eso había tenido éxito en sus negociaciones, incapaz de comprometerse, despreocupado cuando dejaba sus oponentes aplastados.

–Si lo que sugieres es que te voy a acusar de ser culpable de lo que acabamos de hacer, quédate tranquilo, Nico –dijo ella, recomponiendo las briznas de orgullo que le quedaban–. Nuestro secreto estará seguro conmigo ya que estaría avergonzada de contárselo hasta a un cura.

–¿Crees que mantenerlo en silencio hará que se te perdone? –se rió–. Entonces pobre del hombre que se casará contigo el sábado. Y también me das lástima tú, Chloe. Creía que eras más seria y más decente de lo que me estás demostrando.

Su desprecio la hirió.

–Es fácil decir eso de algo que no se entiende, Nico, y tú nunca me has entendido. Nunca has entendido que no tengo tu fuerza ni tu coraje.

–¿Y crees que admitir tu debilidad te justifica por ser desleal a un hombre como Baron?

Ella apartó la mirada, incapaz de mirar la absoluta falta de respeto que veía en sus ojos.

–Tú tampoco pareces muy dispuesto a contarle todo lo que ha ocurrido en cuanto se ha dado la vuelta.

–Yo no me voy a casar con él. Ni tengo una prometida esperándome en casa. Soy libre de hacer lo

que me apetezca con quien quiera. Y tú te has entregado a mí libremente, cara mia.

Él le dirigió el apelativo cariñoso como un insulto. Avergonzada, ella respondió.

–Ya lo sé.

–¿Y sabes también lo que te espera la noche de bodas? ¿Has pensado cómo te sentirás cuando tu marido se acueste a tu lado y ejerza su derecho conyugal? ¿Cuando te apartes de él porque no es el hombre que realmente deseas?

–¡Baron no me obligará nunca a hacer algo que no quiero hacer!

–Tal vez no, pero será más que humano si no espera que cooperes cuando finalmente te tenga bajo las sábanas.

–Eres un cerdo, Nico Moretti. Siempre lo reduces todo al nivel de... de...

–¿De qué? –estalló él–. ¿De un trabajador italiano que creció en un apartamento pequeño encima de una panadería y que tenía que habérselo pensado antes de poner sus sucias manazas sobre la rica princesita canadiense?

Ella se mordió el labio inferior tan fuerte que lo hizo sangrar, pero eso no detuvo el temblor que se apoderó de su barbilla.

–¡No te atrevas a llamarme snob! ¡Te quería por lo que eras, no por lo que tenías! Hubiera vivido contigo en una cueva y me hubiera considerado afortunada por ser tu mujer.

–Hasta que cometiera el error terrible de no ser Dios y no poder evitarte la tragedia –gritó él–. No tardaste mucho en darme la patada. Muchas gracias, Chloe.

–No te dejé por eso –lanzó ella.

–No me digas que fue por otro hombre, por Baron... No sé si seré capaz de soportar la ironía, dado lo ocurrido esta tarde.

–¿Cómo te atreves a decir eso? Te di todo lo que tenía, a nuestro matrimonio, a nuestro hijo. ¡Todo! Cuando lo perdí se abrió una herida en mi interior que nunca se cerraría y ya no me quedaba nada que ofrecerte. No podía ayudarte a ti ni ayudarme a mí misma. No servía para nada –la furia que alimentaba sus palabras se transformó en desesperación–. El divorcio no tenía nada que ver con mi amor por ti. Era por el vacío en mi interior, no tenía nada que darte, Nico.

–Tampoco tienes nada que darle a Baron –dijo él, sin piedad–. Me da mucha pena, siempre intentando complacerte en todo. Acabará dominado por su mujer, igual que su padre.

–¿Dominado? –exclamó ella–. ¿Estás acusándome de ser como la señora Prescott?

Él se encogió de hombros.

–Dicen que los hombres se casan con mujeres que les recuerdan a sus madres. Sospecho que en el caso de Baron, algo tiene que ver.

–¡Bastardo!–dijo, lanzándose sobre él.

Él la detuvo con facilidad plantándole una mano en medio del pecho. Esta vez no hubo nada de seductor en el movimiento, nada de placer. Los dos eran el centro de una imagen de desilusión y recriminaciones.

Por fin, cuando ella se calmó, él bajó la mano y dijo:

–Ya está bien. Esto no sirve de nada.

–No –dijo ella, dándole la espalda avergonzada–. En absoluto.

Hasta entonces no se había dado cuenta de que la lluvia había cesado y había dejado paso a las nubes que dejaban ver un asomo de luz de luna.

–Dio –dijo Nico en voz baja–. ¿Cómo hemos llegado al punto de lanzarnos estos reproches? ¿Cómo dos personas que un día estuvieron tan cercanas se pueden encontrar tan alejadas que no pueden salvar la distancia entre ellas?

–No lo sé –dijo ella, sollozando por lo que se daba cuenta de que había perdido–. Ojalá las cosas hubieran acabado de otro modo. Ahora no estaríamos aquí, no me odiarías tanto y yo no cargaría con esta culpa que me está matando.

–No siempre fue tan malo. Hubo momentos buenos, antes de que se acabara todo.

–Sí –dijo ella, recordando con una mezcla de placer y dolor aquellos años encantadores.

Se dijo a sí misma que tenía que recordarlo, lo bueno y lo malo, para poder avanzar.

Pero la memoria era selectiva y eligió quedarse sólo son las palabras de amor susurradas al oído, con los cuerpos entrelazados, el profundo silencio de comprensión, de amor, y la fe ciega en el futuro.

Ella dejó escapar un suspiro.

Ojalá pudiéramos volver atrás en el tiempo y recuperar lo que tuvimos entonces.

–Pero no podemos. Sólo podemos ir hacia delante –le soltó él, levantándose el puño de la camisa para mirar la hora–. Y hablando de tiempo, son casi las ocho. Deberíamos volver a casa de tu madre. ¿Paramos a cenar en algún sitio primero?

–Si quieres, sí –dijo ella, agarrándose a la oportunidad de estar con él un rato más, puesto que era lo máximo que él podía ofrecerle.

Pronto tendría que enfrentarse al hecho de que, cuando le confesó que aún lo amaba, comprometió todo el futuro que había planeado. Cualquier esperanza de tener una vida en común con Baron quedó reducida a cenizas.

¿Y la respuesta de Nico ante su confesión de amor? «No tengo palabras».

Aunque lo había oído, no había querido entender lo que había dicho; lo que significaba aquello era que no podía corresponder a sus sentimientos. Tal vez aún la encontrase deseable como para perder el control sexual, pero no para decirle que él seguía queriéndola también.

Él había acabado con la paz que ella había creído conseguir en los años posteriores a su divorcio, y la había dejado sin nada. La había convencido de que casarse con Baron sería un terrible error, pero una vez hecho el trabajo, estaba dispuesto a marcharse y dejarla apañárselas con las consecuencias.

–Te está costando encontrar la respuesta –dijo su madre, envolviendo la botella de champán en un trapo de cocina blanco–. ¿Estás segura de lo que estás haciendo?

Chloe se encogió de hombros, derrotada, dispuesta a confesar la oscura verdad y suplicarle a su madre que la ayudase, cuando la puerta de la cocina se abrió y apareció Baron.

–Charlotte me dijo que estabas aquí –dijo, abrazándola–. ¿Cómo estás, Chloe?

–Sorprendida –dijo ella, horrorizada de lo que podía haber oído si hubiera llegado un momento después–. No te esperaba hasta esta tarde.

–Volvimos antes porque el tiempo no acompañaba–la besó detrás de la oreja–. Anoche, de hecho.

–Tenías que habérmelo dicho.

–Lo hubiera hecho, se hizo tarde. Llevé a mis padres a ver la casa en la que viviremos y después fuimos a cenar.

Ella se quedó helada.

–¿Fuisteis a la casa?

–Sí.

Sin saber las posibles consecuencias de aquella declaración, Jacqueline dijo:

–Y has llegado a tiempo para unirte a la fiesta, Baron. ¿Te apetece una copa de champán?

–Claro –dijo, después de dudar un momento–. Un hombre no se casa todos los días. Vamos a celebrarlo.

Pero Chloe, aún sin rehacerse de la alarmante noticia, siguió:

–¿A qué hora? ¿A qué hora pasasteis por la casa?

–No lo sé exactamente. Debían ser las ocho o las ocho y media –se encogió de hombros–. No lo tengo claro, la verdad.

–Parece que ayer nadie sabía qué hora era. Raro, ¿verdad?

Chloe le lanzó una mirada asesina. Baron no se dio cuenta.

–Lo raro es que la mitad de las luces estaban encendidas, Chloe.

–Olvidé que no las había apagado –dijo ella, sintiéndose culpable al pensar en lo que le había distraído–. La tormenta hizo que nos quedáramos sin electricidad.

–Eso nos dijeron en el hotel –entonces levantó las cejas, sorprendido–. Pero eso pasó sobre las siete. ¿Qué hacías allí todavía?

La boca se le secó y se quedó sin aire en los pulmones.

–Nosotros... yo, bueno... –tosió ligeramente para ocultar la vergüenza que sentía.

–Yo la llevé allí –dijo su madre, acudiendo al rescate–, pero después tuve un problema con el coche y no pude ir a recogerla hasta mucho más tarde.

Una respuesta completamente cierta y llena de mentiras a la vez, pensó Chloe. ¿Cómo acabaría aquello?

–Oh –dijo Baron, comprensivo–. Siento no haber estado para echar una mano.

«No lo sientes tanto como yo –le dijo ella en silencio–. Si hubieras estado, tal vez aún pudiera mirarte a los ojos sin apartar la vista».

Capítulo 8

Jueves, 27 de agosto

JACQUELINE llamó a su puerta a las 7 de la mañana.

–¿Sabes qué día es hoy, Nico? –preguntó cuando él salió a abrir.

–Sí. Lo sé perfectamente –dijo, yendo hacia la cocina, dejando que ella lo siguiera si así lo deseaba.

Ella lo siguió.

–¿Entonces eres consciente de que nos estamos quedando sin tiempo? ¿Que si no ocurre algo en las próximas cuarenta y ocho horas, será demasiado tarde para evitar el desastre?

Él no replicó y siguió preparándose el desayuno hasta que ella se plantó delante de él.

–¡Escúchame! Lo he intentado todo con Chloe: razonar, ser sarcástica, persuadirla... Por último decidí probar la psicología inversa y hacer como si esa boda fuera la mejor idea desde que se inventó la rueda. Pero nada ha funcionado, y me he quedado sin ideas. Nico, ahora te toca a ti.

Él suspiró y volvió la cabeza para evitar su mirada acusadora.

–He hecho suficiente, Jacqueline –le dijo, sirviéndose el café–. Lo que no puedo es seguir convirtiendo la vida de Chloe en un infierno. He intentado que abriera los ojos y viera la verdad de lo que está haciendo, y creo que está convencida de que casarse con Baron Prescott ya no es posible y su única opción es cancelar la boda. Pero no puedo tomar esa decisión por ella.

–Podrías, si le ofrecieras una alternativa.

–Perdona que me corrija: no tomaré la decisión por ella. No seré la razón por la que ella no se case. Eso es algo que sólo ella puede decidir.

–¡Pero lo está pasando mal! Es evidente.

–No lo está pasando lo suficientemente mal. Si así fuera, haría algo para evitarlo.

–¿Y si no tiene la fuerza necesaria para hacerlo?

–Entonces tendrá que vivir con la consecuencias.

–Tal vez tú puedas asumir eso sin problemas, pero yo soy su madre y no puedo –dijo Jacqueline, aceptando la taza de café que él le pasó–. Es mi única hija y ya ha sufrido bastante estos años. No puedo soportar verla dirigirse de cabeza a más infelicidad porque cree que es lo único que se merece.

Al ver la angustia en su rostro, Nico le apretó un brazo para consolarla.

–Sí, eres su madre. Pero sabes muy bien que no puedes protegerla eternamente del dolor. Chloe es una mujer adulta, inteligente y educada. Sabe muy bien el dolor que puede producir un matrimonio desgraciado, y no sólo por experiencia propia, sino porque lo ve en su trabajo. Si a pesar de todo eso desea seguir adelante, no hay nada que tú o yo podamos hacer. Ya hemos interferido bastante, más de lo que debíamos, de hecho.

Sus ojos se llenaron de lágrimas.

–Cuando el martes dieron las nueve y vi que no habíais llegado, pensé que se quedaría contigo toda la noche. Eso hubiera sido suficiente, Nico: si hubierais hecho el amor esa noche, ella hubiera cancelado la boda. Pero, desde luego, no hubieras dejado que las cosas fueran tan lejos sin declararte primero.

Él no pudo mirarla a la cara. Aquella mujer lo recibía en su casa como a un hijo. No merecía su afecto ni su confianza.

De hecho, no podía mirarse a sí mismo. Había estado con Chloe porque no quería dejarla marchar, porque seguía queriéndola, o eso se había dicho a sí mismo. ¿Pero por qué su amor le producía dolor y llanto? ¿Qué derecho tenía a volver a su vida y ponerla patas arriba de nuevo?

¿Era amor de verdad o sólo quería castigarla? ¿Era porque no podía soportar la idea de verla en brazos de otro hombre? ¿Era por eso por lo que no había querido decirle lo que ella ansiaba oír, el «te quiero» que la hubiera liberado para estar con él de nuevo?

¿O tenía más que ver con sus propios miedos? No le gustaba pensar en sí mismo como en un cobarde, pero tal vez temiera que ella sólo se volvía hacia él para utilizarlo como excusa para escapar de su compromiso.

Eso no le ofrecía ninguna garantía de que ella quisiera estar con él una vez pasara todo. Ella le había dicho que lo quería, pero ¿qué significaba eso? Lo había querido antes y eso no le había impedido abandonarlo.

Jacqueline tomó un sorbo de café con expresión sombría.

–De verdad no sé cómo voy a soportar esta boda, Nico –le confesó.

–Aún hay una oportunidad de que ella vuelva a la sensatez antes de entonces –dijo, deseando creer lo que decía. Su suegra no era la única que estaba angustiada, él también se estaba enfrentando a un infierno, la diferencia era que sabía ocultarlo mejor.

–¿Eso crees? –dijo, un rayo de esperanza iluminó su cara.

–Sé que es una mujer sensata, y moralmente entera como para comprometerse a algo tan serio sin desearlo realmente. Ella no pasará por el altar sin estar verdaderamente convencida con todo su corazón.

–Rezaré por que así sea.

¡Y no era la única! Nico ya había pasado una buena parte de las últimas veinticuatro horas negociando con Dios.

–Aún hay tiempo, Jacqueline. La esperanza es lo último que se pierde.

–Supongo que tienes razón –dijo, abrazándolo–. Pero me sentiría mucho mejor si no te hubieras retirado de la lucha.

–Déjame decirlo de otro modo –explicó él–. Si Chloe decide que es a mí a quien quiere, sabe dónde encontrarme. Mi puerta estará abierta, pero no puedo obligarla a cruzar el umbral.

La oleada de parientes de fuera de la ciudad que empezó a llegar el miércoles por la mañana continuó hasta bien entrado el día siguiente y convirtió la casa en una fiesta.

Chloe, cada vez más atrapada por el remolino, se veía incapaz de luchar contra la corriente.

Ella era la novia, el centro de atención y la razón de todo aquel alboroto. Pero afectada por una parálisis emocional, cedió el papel de invitada de honor por el de mero espectador silencioso y desangelado como un retrato al óleo.

Cuando todo el mundo subió a vestirse para la cena el jueves, ella no había resuelto aún uno solo de sus dilemas. Baron seguía pensando que se iba a casar con ella dos días más tarde y su madre, que no dejaba pasar una oportunidad para mostrar su justificada desaprobación de la novia, creía que iba a ser la anfitriona de la cena la noche siguiente.

Jacqueline continuaba comportándose como si nunca hubiera puesto en duda la decisión de su hija, saludando a cada nuevo invitado que llegaba a la puerta con una sonrisa de oreja a oreja.

Sólo Charlotte parecía darse cuenta de que su nieta no estaba bien, pero era demasiado discreta como para decirlo abiertamente. Desde luego, ella se hubiera visto más fuerte para dar el paso si Nico hubiera estado cerca de ella, pero no lo había visto desde el martes por la noche. Una vez destruidas las esperanzas de Chloe de arreglar las cosas con Baron, había desaparecido y sólo las luces en la casita del jardín denotaba su presencia allí.

–Mañana seremos muchos para cenar, así que he reservado un comedor privado en el hotel anunció Jacqueline a los huéspedes que tomaban el cóctel en el patio–. Sólo está a diez minutos andando de aquí.

–¿El novio y su familia vendrán también? –preguntó un primo lejano.

–Por supuesto –dijo ella, lanzándole a Chloe una de sus interminables sonrisas–. Baron y Chloe no soportan estar separados. Están deseando que llegue el día de la boda, ¿verdad, cariño?

Chloe temió que su sonrisa de respuesta se pareciera más al rictus de una mujer torturada.

Aquel hotel, famoso por su cocina y su hospitalidad a la europea, estaba situado en un precioso paraje natural. La sala tenía unas vistas espectaculares a un lago artificial en el que nadaban unos cisnes negros entre los nenúfares. Incluso la inconformista madre del novio estaba impresionada.

–No sé por qué no quisiste celebrar aquí la boda –dijo detrás de su pato a la naranja–. Es encantador, y mucho mejor equipado para una celebración tan multitudinaria.

–Mi novia quería casarse en su casa –dijo Baron, acercando su silla aún más a la de Chloe.

–¿Y tus deseos, Baron? ¿Cuentan para algo?

–Lo que Chloe desee, está bien para mí, madre –dijo él–. Lo único que quiero es que nos casemos.

Chloe, con un nudo en el estómago, pensó que Baron se merecía mucho más de lo que creía que iba a conseguir.

Su cara debió haber reflejado algo de la guerra que se estaba librando en su interior, porque él la miró con ojos comprensivos y amorosos.

–Cariño, ¿va todo bien?

Era la oportunidad para contárselo todo, para decirle la verdad, pero aquél no era el momento.

–Necesito hablar a solas contigo un segundo –dijo ella, consciente de que su madre se sentaba lo suficientemente cerca como para oírlo todo–. No hemos pasado un instante a solas desde hace siglos, y hay algo que tengo que contarte.

–La semana que viene –dijo él, apretándole la mano–. Entonces tendremos todo el tiempo del mundo; estaremos sólo nosotros, la luz de la luna y la brisa del trópico.

–No –dijo ella con urgencia–. No puedo esperar tanto, Baron.

La señora Prescott hizo un ruido de descontento, como si estuviera por encima de todo.

–Típico de los jóvenes de hoy en día –proclamó moviendo un dedo en el aire–. No saben lo que significa el autocontrol. Lo quieren todo aquí y ahora.

Chloe apenas pudo contenerse de no morder aquel dedo gordo hasta el hueso.

–¡No presuma de decirme lo que quiero, señora Prescott! –le dijo, a cada segundo más acalorada–. No me conoce lo suficiente como para tener ni idea de eso.

Aunque la mayoría de la gente sentada a la mesa no se dio cuenta de que la novia y la madre del novio se habían lanzado al ring, por el silencio que se hizo entre los que estaban sentados más cerca de ellos, se hizo evidente que Baron no fue el único impresionado por la escena.

Charlotte miraba fijamente su plato, Phyllis estuvo a punto de atragantarse con el vino y Jacqueline se quedó con la boca abierta por el shock. La única persona a la que no afectó la exclamación de Chloe fue al señor Prescott, que siguió comiendo tranquilamente el filete que tenía delante.

–Tal vez no –dijo su mujer–, pero conozco a mi hijo y él no suele entregarse a los extraños impulsos por los que sueles conducirte, Chloe. No sólo me refiero a lo que ha pasado aquí y ahora, sino a la tarde que la encontramos retozando en la piscina con su ex marido. Aunque Baron encuentre ese comportamiento extrañamente encantador por ahora, pronto se cansará de ello, me atrevo a decir.

–Basta ya –Baron, normalmente tan sereno, habló con la autoridad de un teniente coronel–. Pídele disculpas a Chloe por ese comentario, madre.

–No –más avergonzada de lo que había estado en toda su vida, Chloe le colocó una mano sobre el brazo y se volvió a su madre–. Yo soy la que debe disculparse, señora Prescott –por su voz se notaba que estaba haciendo un esfuerzo monumental para controlarse–. Temo que no soy yo misma esta noche. No lo he sido desde hace un tiempo. Por favor, discúlpeme.

La señora Prescott dudó un segundo antes de inclinar la cabeza en respuesta.

–Claro. Yo también lo siento. Creo que las novias no son las únicas afectadas por las bodas, sino también las madres cuyos hijos van a dar un paso tan grande en sus vidas.

–No tiene por qué ser así Myrna –dijo el padre de Baron–. Es cuestión de cómo se mire.

Ignorándolo, se volvió hacia Chloe, con un inesperado brillo de compasión en los ojos.

–Los hombres no entienden nada –dijo ella en voz baja, como si fueran las dos únicas personas en la sala–. Lo ven todo de modo superficial, sin pensar lo que hay debajo. Tal vez podamos engañarnos al principio, pero tenemos que enfrentarnos a la verdad tarde o temprano, independientemente del dolor que pueda causarnos.

Chloe la miró a los ojos.

–Sí, así es.

–Vuelvo a pedirte disculpas por mi comportamiento. Si tú y Baron tenéis cosas de las que hablar cuando acabe la cena, su padre y yo pediremos un taxi para que nos lleve a nuestro hotel.

–Gracias –después miró a Baron–. ¿Podemos hacer eso?

–No –dijo él sencillamente, a pesar de su sonrisa tranquila.

Sorprendida por su negativa, ella insistió.

–Pero es importante, Baron.

–Estoy seguro de que lo que tienes que contarme puede esperar unas pocas horas.

–No puede esperar. No lo entiendes...

–Sí lo entiendo, Chloe. Todos estos preparativos te han dejado agotada. Necesitas descansar, cariño, y después de dormir toda la noche, lo que sea que te preocupa tanto, no parecerá tan importante.

Él hablaba con tanta dulzura, la miraba con tanta pena como si supiera que sus esperanzas de tener un final feliz se reducían a cada minuto que pasaba. A ella se le rompía el corazón al pensar en cómo podría superar el abandonarlo entonces. Tal vez, si ponía mucho empeño, podía aprender a que fuera él su tentación de cada noche y el objeto de su deseo.

Él no dejaba de mirarla, como si quisiera retener su imagen en la memoria para siempre.

–Por favor, no me mires con tanta angustia –murmuró él–. Te prometo que todo irá bien y que, sea lo que sea, lo que te tiene así, lo solucionaremos.

Ella deseaba creerlo. Nunca había deseado algo

tanto en toda su vida... excepto a Nico. ¡Dios! ¿Cómo podía portarse tan mal con él?

Cuando salieron del hotel, los invitados de la casa, que lo habían pasado bien en la cena, no tenían ganas de irse a la cama pronto. Corrió el vino y las salas del piso de abajo se llenaron de música y baile. Chloe era la única que estaba fuera de la diversión.

–¡Vamos, Chloe! –gritó alguien–. Diviértete mientras puedas.

Todos querían que fuera feliz, y a ella le dolía mirarlos. Era incapaz de responder a sus sonrisas.

Tal vez Baron había hecho bien en negarse a hablar con ella aquella noche. Aunque podía dar aspecto de ser una persona tranquila, ella se sentía como un animal salvaje, acorralado, corriendo a ciegas sin dirección concreta, buscando una vía de escape, sin éxito. En su caso, ella se había metido solita en la jaula, pero no por ello tenía derecho a herir a los demás. De un modo u otro, tenía que resolver el problema y acabar con la tensión que amenazaba con partirla en dos.

Como no deseaba estropear la fiesta mostrando sus sentimientos abiertamente, eligió el momento en que todo el mundo estaba viendo los regalos de boda para musitar la excusa de que necesitaba un poco de aire fresco y salir al jardín por la puerta corredera.

Una vez fuera, dejó sus pensamientos correr libremente por su mente uno tras otro, como una secuencia lógica, las cuentas de un collar enfiladas en el mismo hilo conductor: el amor.

Sabía que éste no era algo fácil ni voluntario, no desaparecía a voluntad, y a pesar de todos sus esfuerzos, seguía amando a Nico. Siempre lo había amado. ¿Cómo podía evitarlo, siendo el padre de su hijo?

Pero eso no evitaba que quisiera a Baron también. No del mismo modo que a Nico, quizá, pues nada podía igualar aquella intensidad ciega y juvenil, pero sí de forma sincera. La idea de hacerle daño la ponía enferma. Era un buen hombre que al principio había sido compañero de trabajo, después un buen amigo al que poco a poco empezó a considerar románticamente.

Ella admiraba en él su sinceridad e integridad, su buen temperamento, y aunque no sentía el ardor de la pasión a su lado, llevar su anillo la había enorgullecido. Era, después de todo, un hombre de pasiones contenidas, por eso era tan buen abogado.

Pero podían tener una buena vida sexual. No tan arrolladora como la que había compartido con Nico, pero Baron sería un amante tierno y considerado. No habría momentos de gozo infinito como los que había disfrutado, pero tampoco los abismos de dolor a los que había descendido.

Ella había pensado que le bastaba con saber que no se volvería a ver sumida en tal océano de dolor sólo con mirar a la cara a su marido, por el parecido de éste con el del hijo que había perdido.

Todas aquellas razones que la habían acercado a Baron al principio, seguían siendo válidas, pero desde la llegada de Nico, habían perdido valor.

Intentó imaginarse sin él a su lado y no pudo, sabía que su ausencia dejaría un vacío muy grande en su corazón, pero el tormento que le producía el deseo por otro hombre era difícil de resistir.

¡Si Nico pudiera desaparecer para siempre! ¡Si pudiera volver atrás en el tiempo y evitar la escena en su casa! ¡Si pudiera borrar el sentimiento de culpa!

Si pudiera dejar de amarlo...

Las lágrimas empezaron a aflorar en sus ojos. Tapándose los oídos, como para amordazar las voces que resonaban en su cabeza, echó a correr por el camino de ladrillos, hacia la verja de la rosaleda. Un enorme lilo a un lado del jardín tapaba la vista del interior de éste desde la casa.

Abrió la verja y caminó hasta el final del jardín, cerca de la casita, hasta el punto desde el que se divisaba mejor el océano.

No supo cuánto tiempo pasó allí, con el pecho dolorido por la angustia y las mejillas húmedas por las lágrimas. En un momento dado, oyó pasos que se dirigían hacia ella.

Inmediatamente supo que era Nico, porque cada poro de su piel respondía a su presencia. El aire crujía por la electricidad entre los dos cuerpos.

Se obligó a sí misma a no darse la vuelta.

Unas manos fuertes y masculinas se cerraron sobre sus hombros. Una voz pronunció su nombre: las manos y la voz de Nico, que le traían recuerdos de la suave y cálida brisa de Verona sobre su cuerpo desnudo, de la luz de la luna reflejada en la piel de Nico, de las palabras de amor que salían de sus labios.

Chloe cerró los ojos con tanta fuerza que le dolió. Entonces sintió el tacto de aquellos labios detrás de su oreja, que fueron deslizándose por su cuello y por sus hombros. Sus pestañas le hacían cosquillas sobre la piel.

«¡No lo dejes...!»

Aunque su piel ardía cuando él la tocaba, aunque cada nervio de su cuerpo reaccionaba de deseo y placer, no podía demostrarlo.

Baron era la mejor opción, el hombre que le ofrecía la constancia que ella necesitaba. Era él quien tenía que estarla seduciendo en ese momento.

Pero eran las palmas de las manos de Nico las que bajaban por sus brazos hasta entrelazar los dedos con los suyos, era Nico el que le susurraba suaves palabras en italiano al oído.

«¡No lo escuches! ¡No te des la vuelta!»

Pero su cuerpo era incapaz de escuchar la vocecilla de su cerebro y respondió sin importarle nada más a la tentación de sus caricias girándose para ponerse frente a él: cara a cara, pecho contra pecho, cadera contra cadera. Él era el único hombre del mundo al que nunca se había podido negar.

–¿Qué estás haciendo aquí sola tan tarde? –preguntó con voz susurrante como una leve brisa.

–No tengo ningún sitio más al que ir –replicó ella, desgarrada.

Sin decir nada más, él la levantó en brazos y la llevó hasta la casita. Un enorme magnolio y el lilo impedían que los vieran desde la casa. Ella sólo podía oír el ruido de las olas y el batir de su corazón.

Era incapaz de razonar, de saber si aquello estaba bien o mal, lo único que sabía era que le pertenecía.

Una vez dentro, él no se molestó en ofrecerle una copa o en intentar charlar: cerró la puerta con el pie y subió las escaleras que llevaban hasta la habitación.

A través de las ventanas abiertas se veía un cielo cubierto de estrellas y la luna arrojando su luz sobre aquella perfumada noche de verano. Con eso le bastaba para ver la curva apasionada de los labios de Nico, el subir y bajar agitado de su pecho y cómo la miraba.

Nico le rodeó la cintura con las manos y se inclinó sobre ella, tentándola y atormentándola. Ella levantó la cara, en muda súplica para ser besada, pero él continuó jugando con ella, rozándola pero sin tocarla del todo.

Después de lo que le pareció una eternidad, él la besó suavemente, como una mariposa que no ha decidido en qué flor posarse, como una promesa ardiente de lo que estaba por venir más tarde: la boca abierta sobre la suya, cálida y húmeda sobre sus labios cerrados, que continuó su tortura al retirarse rápidamente. Él la miró.

–Espero que sepas lo que estás haciendo, Chloe –le dijo por fin con voz grave–. Espero que esta vez estés segura de que me deseas a mí y que después no habrá reproches.

Ella suspiró, le tomó la cara entre las manos haciendo que la mirara a los ojos y le dijo:

–Estoy segura.

Era como si hubiera estado esperando el permiso que pareció oír en sus palabras, tal vez lo sintiera en la urgencia con que ella se apretaba contra él. Se acabaron las exploraciones.

Con un gruñido de satisfacción, él bajó la cremallera del vestido y la hizo andar hacia atrás hasta que cayó sobre la cama, con él encima de ella.

Ella, llevada por su propia necesidad, le desabrochó los botones de la camisa y llevó su boca, ansiosa, hasta sus hombros, deslizó la mano por debajo de su pantalón hasta que encontró su firme trasero.

–Te quiero desnuda –murmuró él, febril–. Quiero sentir tu piel bajo la mía.

Y así fue. La ropa cayó inerte a un lado de la cama.

Durante un breve lapso de tiempo, se saborearon uno al otro con la mirada, recordando los rasgos físicos que tan bien habían conocido hacía un tiempo.

¿Cómo iba ella a olvidar el pequeño saliente de su clavícula, producto de un golpe en un partido de fútbol cuando tenía nueve años, o la diminuta cicatriz que cruzaba sus costillas transversalmente? O la anchura de sus hombros, la fina cintura, el modo en que su crujiente pelo negro se arremolinaba en el centro de su pecho...

¿Cómo podía haber pensado alguna vez que otro hombre podría llevarla a aquel estado de deseo y expectación con tan sólo ver su poderosa y vibrante erección?

Nico era fuerte, en cuerpo y alma, pero ella llevaba el control de su respuesta sexual.

Pero el objeto de su deseo entró en acción impidiendo que su cerebro siguiera funcionando: con la punta del dedo recorrió la línea recta entre su garganta y su ombligo, haciéndola gemir. Una oleada de calor recorrió su cuerpo e hizo temblar la cara interna de sus muslos y sus suaves pliegues.

Deseando inflingirle la misma tortura, ella lo acarició con un dedo desde el pecho hasta que encontró la delicada punta de su pene.

Él emitió un sonido silbante entre dientes que marcó el fin de los preliminares. Se había acabado el momento para las reflexiones; estaban sólo él y ella, piel contra piel, como debía ser. Dos bocas que se buscaban, dos lenguas que jugaban.

El sabor de su cuerpo, masculinidad en estado puro, sexo en estado puro, la volvió loca. Él no pudo contener un estertor de placer cuando ella lo tomó en su boca y su determinación de acero se vio sometida ante ella, que se sintió victoriosa, invencible al ejercer ese poder sobre él.

Casi sin hacer esfuerzo, él la tumbó sobre la espalda ante él, con las piernas abiertas. Se arrodilló frente a ella y probó con su miembro duro y caliente el espacio que ella le ofrecía entre sus piernas. Se deslizó suavemente entre sus acogedores pliegues internos, retirándose un instante para volver a penetrarla más profundamente la segunda vez. Así jugueteó con ella varias veces, haciéndola subir hasta un punto cercano al cielo.

Ella gemía, suplicante, mientras sentía las olas del orgasmo arremolinarse en torno a su cuerpo. No podía contenerlas, pero no le bastaban: lo quería entero dentro de ella.

Ella echó el brazo a un lado, como si buscara un asidero para contener su ansiedad. Lo encontró, pero de qué modo.

Su mano chocó contra un cristal. Sorprendida, se dio cuenta de que había golpeado un marco doble con dos fotografías: una de ella, embarazada, y otra de Luciano, poco antes de su muerte.

Cuando Nico había intentado desesperadamente evitar el divorcio diciéndole que tendrían otros hijos que le aliviarían el dolor, ella había dicho: «Nunca más».

Y allí estaba, dejándose llevar por el instinto y no por la razón, al borde del desastre, otra vez.

¿Es que nunca aprendería?

Capítulo 9

Viernes, 28 de agosto

EL APUNTÓ los datos de su vuelo y colgó el teléfono. Se había acabado. Para siempre.

Una vez la rabia, más contra sí mismo que contra ella, apagada, supo qué debía hacer a continuación. Ahora que lo había hecho, se sentía mejor, aunque no libre de culpa por completo. Aquél era el precio que había pagado por poner su integridad en juego y por actuar contra toda lógica por la mujer a la que una vez había amado hasta la extenuación.

Pero se había acabado. Ella no era la única que había cambiado. Esta vez no suplicaría ni sacrificaría sus deseos por someterse a los de ella: si quería arrojar su vida por la borda, lo único que podía hacer era dejarla actuar según su voluntad.

–Lo siento, Chloe –le había dicho la noche anterior, sin molestarse en bajar a la puerta para despedirse–. Eres tú la que ha venido a mi puerta, esta vez, segura de lo que querías. He hecho todo lo posible por darte lo que querías hasta que, otra vez, te has echado atrás.

–¡Ya sabes por qué lo he hecho! –gritó ella–. Y no tiene nada que ver con saber o no lo que quiero.

–Tal vez no. Tal vez en esta ocasión soy yo el que

sabe lo que no quiere. Lo nuestro se ha acabado, Chloe. Estoy harto de todo este asunto.

–¿Y ya? ¿Me das un ultimátum sin intentar negociar siquiera?

–Efectivamente –dijo él, incapaz mirarla a la cara inundada de lágrimas–. No tengo nada más que decir.

Ella se había marchado sin decir nada más y él la había mirado marcharse, sabiendo que aquella vez era para siempre y que no haría nada para intentar retenerla. Sería mejor así.

A la mañana siguiente, Baron se sentaba a la mesa frente a Chloe en un restaurante.

–Ha sido una buena idea quedar para desayunar. ¿Has pedido por mí?

–Sí. Zumo de uva, dos huevos duros, una tostada y café solo.

–Qué bien me conoces –sonrió él–. Haremos buena pareja.

–Baron...

–¿Estás preparada para la cena de esta noche?

–No, ése es el problema...

–No tienes que preocuparte –dijo él–. Mi madre ha prometido comportarse –abrió la carta del restaurante y pareció estudiarla profundamente–. Tal vez pida los huevos revueltos.

–El problema no es la cena, sino la boda –sus palabras sonaron como pedradas al romper una fina esfera de cristal–. Tengo que anular la boda, Baron. Estoy avergonzada y lo siento muchísimo.

Él dejó escapar un suspiro y dejó la carta a un lado.

–Temía que pasara esto.

Ella hizo un gesto desesperación, extendiendo los brazos con las palmas de las manos hacia arriba y repitió:

–De verdad que lo siento mucho. Ojalá no tuviera que hacerte esto.

–¿Estás segura de que es necesario?

–Sí. Es lo más honesto que puedo hacer. Si no hubiera sido tan cobarde, lo hubiera dicho antes, pero seguía teniendo la esperanza... –intentó tragarse el sentimiento de humillación que la ahogaba. Desearía poder ofrecer una razón que la librara de su culpa, pero sabía que no existía–. Tenía la esperanza de que lo nuestro funcionara y que, si no era así, algo o alguien imposibilitaría que la boda se llevase a cabo, de modo que yo no fuera la responsable. No me siento orgullosa de ello, Baron.

–¿Cuándo tomaste la decisión?

–Hasta anoche no estuve segura de ello –ella lo miró, analizando su reacción–. No pareces demasiado sorprendido.

–Tal vez no sea una lumbrera, Chloe, pero tampoco estoy ciego. En el momento en que Nico apareció en escena, supe que era sólo cuestión de tiempo que te dieras cuenta de que no podías casarte conmigo –él la miró con tanta comprensión que ella parpadeó–. Si alguien debe disculparse, ése debo ser yo, por no haberte dejado marchar antes.

–¡Oh, por favor, Baron! –dijo ella, luchando por mantener la compostura–. No me hagas sentir más avergonzada de lo que ya estoy. Esto ha sido responsabilidad mía, no tuya. Para ser justos, tampoco Nico tiene toda la culpa; ya tenía dudas antes de que él llegara, sólo que él me ha hecho enfrentarme a ellas.

Baron le agarró el brazo.

–Escucha, lo has pasado muy mal este último mes, tan agobiada por los preparativos de la boda que has sido incapaz de ver el asunto con frialdad, pero yo ni siquiera tengo esa excusa. He notado, es evidente para cualquiera, la química que hay entre Nico y tú, y en lugar de hacer algo, enterré la cabeza en un agujero y lo achaqué a los nervios de la boda. Por eso te digo que yo soy aún más cobarde que tú.

–Me parece que me estés diciendo todo esto para hacerme sentir mejor.

–No. Te estoy diciendo la verdad. Esta boda parece haber cobrado vida propia y casi amenazaba con arrollar cualquier cosa a su paso. Tú no sabías cómo pararla y yo ni siquiera lo intenté –él le acarició el brazo una vez más y después retiró la mano–. No diré que no me siento un poco herido en mi orgullo, pero te prometo que no me suicidaré ni nada parecido. Tú y Nico podéis empezar de nuevo con mi bendición.

–No, no podemos –dijo ella, bajando la cabeza por la vergüenza, pero consciente de que Baron tenía derecho a conocer la verdad–. Él no me desea.

–¡No, Chloe! –dijo Nico iracundo, cuando interrumpieron el acto sexual porque ella había sufrido otro ataque de escrúpulos en el último minuto–. ¡Maldición! ¡Quiero que vengas a mí porque no puedes mantenerte alejada, no porque necesites una excusa para dejar a Baron!

–¿Por qué contigo tiene que ser todo o nada? –gritó ella.

–¡Porque soy así! No tengo ningún interés en ser

tu salvador ocasional, alguien a quien necesites sólo durante un tiempo. Me ha costado mucho asumir que te marchaste de mi lado en una ocasión como para volver a pasarlo mal por el mismo motivo.

–¿Y si esta vez podemos construir algo serio de verdad?

La sorna de su risa la caló hasta los huesos.

–¿Con esa visión enfermiza del sexo? ¡Ni hablar!

–¿Por qué no? ¿Sólo por no querer hacerlo esta noche a no ser que uses un condón?

Él volvió a reír, esta vez con más amargura aún.

–Si fuera sólo algo de esta noche, no tendría ningún problema. Pero ya veremos lo que pasa mañana y la semana que viene. Por eso estás tan contenta con Baron, porque él quiere una vida a medias con una mujer suya a medias, pero yo no soy así, cariño. Quiero una mujer con suficiente coraje para enfrentarse al futuro sabiendo que no será perfecto y que puede traer consigo dolor, una mujer que mire al destino a la cara y lo rete a golpearla por segunda vez.

–¿Estás diciendo que quieres tener más hijos? –le había preguntado, con la voz entrecortada.

–¡Desde luego que sí! No dejaré que el destino me acobarde. ¿Por qué trabajo entonces, si no es por construir un hogar, con una esposa y con hijos? ¿Para qué sirve la vida entonces? –él había visto la expresión de duda de su rostro, y el suyo se había contraído en un gesto de desprecio–. Tu problema, Chloe, es que siempre has sido una niña mimada, y me incluyo en la lista de los culpables por eso. Pero, ¿sabes qué? No eres la única madre que ha perdido a un hijo. La diferencia entre ellas y tú es que no dejan

que eso las anule como persona. Lloran y sufren, pero al final se levantan y siguen con su vida. Pero tú... tú podías haber muerto con nuestro hijo, porque tienes razón, no tienes nada que ofrecer a nadie.

Ella sabía que podía enfurecerse, lo había presenciado tras la muerte de Luciano, pero nunca había pensado que podía dirigir toda su ira hacia ella como lo estaba haciendo entonces.

–Si es así como te sientes realmente, no sé por qué te has molestado en abrirme tu puerta esta noche.

–Porque me das lástima –dijo, pasándose una mano por la cara, cansado–. Casi tanta lástima como por el hombre que está a punto de casarse contigo. Me alegro de que sea Baron y no yo.

–¡No me casaría contigo aunque fueras el último hombre de la tierra!

–Estupendo, porque no te lo pienso pedir. Tú quieres una vida sin dolor, y yo sé que no puedo dártela porque sé que no existe. Y... ¿cómo se pueden apreciar los buenos momentos si no se ha pasado por los malos?

Ella empezó a llorar en ese momento inconsolablemente, incesantemente. Tal vez no lo hubiera dicho en voz alta, pero la despreciaba y no podía culparlo por ello: hasta ella se despreciaba a sí misma, por su debilidad y su falta de honestidad. Él tenía razón, tenía miedo de todo: de él, de ella, de vivir la vida al máximo, y por eso deseaba esconderse tras alguien que no le hiciera enfrentarse a sus miedos.

Él la miró con frialdad durante unos minutos antes de alcanzarle una caja de pañuelos de papel y decirle:

–Vete a casa, Chloe, y hazte un favor. A no ser que

desees acabar con un segundo divorcio a tus espaldas, plantéate con cuidado lo que le vas a pedir a Baron antes de casarte con él.

–¿Qué te importa a ti –sollozó ella– que no tienes que sufrir las consecuencias?

–No me importa –dijo él–. Pero sólo porque no dejo que lo haga.

–¿Y si Nico te quisiera, volverías con él?

–No –las lágrimas de la noche anterior habían acabado con todas las barreras y ahora le era posible penetrar en el fondo de su alma–. Llevo mucho tiempo huyendo de mí misma, y tengo que dejar de hacerlo. No me gusta cómo soy ahora, Baron: utilizo a la gente y me he aprovechado conscientemente de ti. La diferencia es que él no me dejaría salirme con la mía, mientras que tú siempre haces concesiones sin pedirme nada a cambio.

–No me he quejado de ello, Chloe. Para ser sinceros, no éramos la pareja del siglo. Los dos somos conscientes de que el amor verdadero no ocurre muy a menudo en la vida real.

–Pero a mí me ocurrió y ése es el problema. Yo sé lo que es amar locamente a un hombre, soñar con él día y noche, y no pensar en nada más que en él.

–Tal vez eso sea lo que nos diferencia, Chloe, porque yo no me creo capaz de ese tipo de pasión, ni estoy seguro de quererla –dijo–. Por eso hacíamos tan buena pareja, o eso pensaba yo, pero esta semana he visto otra cara de ti que no conocía, y me he dado cuenta de que estaba equivocado. Has estado ocultando tu verdadera naturaleza hasta ahora y Nico sólo se encargó de sacarla a la luz.

–Baron, no es que no te quiera –dijo, odiando el tono de condescendencia de su voz.

–Yo también te quiero. Siempre te querré, pero la verdad es que llevo más de trece años divorciado y tengo que confesar que a veces me cuesta pensar en abandonar la vida solitaria de la que he disfrutado hasta ahora.

–Dices eso ahora porque no quieres que me sienta mal por cancelar la boda en el último minuto, pero si no hubiera sido así, tú no te habrías echado atrás.

–Efectivamente, pues, como te he dicho, tú no eres la única cobarde. Hubiera seguido adelante y lo hubiera hecho lo mejor posible. Somos buenos amigos, después de todo –sonrió–. Tal vez eso es lo que tengamos que ser.

–Eres uno de los mejores hombres que conozco, y tu amistad significa mucho para mí –sacudió la cabeza, aliviada por haber hecho lo que debía y a la vez consciente del dolor que causaba–. ¿Y ahora qué?

–Ahora tenemos que cancelar todos los preparativos que podamos. ¿Se lo has dicho a alguien ya?

–No. Lo mínimo que podía hacer era decírtelo a ti primero.

–Entonces te sugiero que se lo digas a tu madre y a tu abuela. Ellas te ayudarán y te entenderán.

–Baron, hay asuntos más importantes. ¿Qué pasa con la casa y con lo de trabajar juntos?

–Bueno, el mercado inmobiliario está que arde en estos momentos, así que no nos costará vender la casa. Por lo de trabajar juntos, tampoco nos vemos tanto en la oficina como para no poder continuar como hasta ahora –él la miró por encima del borde de su taza de café–. En cualquier caso, creo que dentro de poco te marcharás del país. Se tarda mucho en llegar a trabajar al centro de Vancouver desde Italia...

Ella empezó a llorar de nuevo, abrumada por tanta generosidad que no creía merecer.

–Si eso pasa algún día –dijo ella secándose los ojos–, te echaré mucho de menos.

A mediodía la boda ya estaba oficialmente cancelada. Había algunos detalles de los que aún tenía que ocuparse, como de devolver los regalos con una tarjeta de agradecimiento, y sólo le quedaba la tarea más onerosa después de hablar con Baron: enfrentarse a Nico de nuevo.

Ella no esperaba que se echara atrás en lo que había dicho sólo porque al final había tenido el coraje de hacer lo que debía, pero esperaba recuperar un poco de su respeto.

Pero la casa estaba envuelta en un ambiente de soledad. Cuando abrió la puerta sólo encontró habitaciones vacías, armarios vacíos y su foto partida por la mitad. Se había marchado para siempre, para no volver nunca.

Él había acabado definitivamente con su relación.

Si había de producirse una secuela, sería ella la que tendría que buscarla, pero, por el bien de los dos, no podría ser pronto. Ella era consciente del riesgo que implicaba el retraso, seguro que había una legión de mujeres deseando cazar a Nico, pero tenía que arriesgarse. Nico quería una compañera que pudiera compartir su carga, y hasta que ella no pudiera comprometerse a esa tarea, no tenía derecho a importunar su corazón.

No tenía mucho a lo que agarrarse para pensar que su historia acabaría bien, pero tenía que enfrentarse a su propia recuperación con lo poco que le quedaba de ella.

La boda no se celebró después de todo, escribió Jacqueline a principios de octubre. *Como esperábamos, Chloe recuperó la cordura en el último instante y nadie pareció sorprenderse demasiado, ni siquiera Baron. Ellos dos siguen siendo amigos y compañeros de trabajo, y las cosas no van mal entre ellos. Chloe se ha mudado a un apartamento y planea pasar las vacaciones de Navidad en México. Nunca habla de ti, y no quiero preguntarle, pero Charlotte y yo esperábamos que os besarais e hicierais las paces. Tal vez la próxima vez que vengas...*

Pero no volvería. Había dado a Donna plenos poderes en las operaciones de América del Norte para poder centrarse en otros negocios y en su inexistente vida privada. Había sufrido mucho con Chloe y no pensaba repetir la experiencia. Era hora de dejar atrás el bagaje emocional con el que había cargado durante tanto tiempo y empezar desde cero con otra persona cuyos ojos no le recordaran constantemente lo que había perdido.

El problema era que le costaba encontrar una mujer que le interesara durante más de una semana: o eran demasiado distintas o demasiado parecidas a Chloe. En la siguiente Nochevieja con sus hermanas, él fue el único sin una pareja a la que besar después de las doce.

–Tu problema –le había dicho su cuñado Hector–,

es que le quieres volver la espalda a tu pasado. Quieres a Chloe como era antes, pero perder a un niño cambia a una persona para siempre. Tú tampoco eres el mismo hombre con el que ella se casó.

–No hay que ser un genio para darse cuenta de eso –había replicado él–. No tienes más que mirarme para darte cuenta de eso.

–No me refiero a que ahora tengas la apariencia de un hombre de éxito, lo que cuenta es lo que llevas por dentro. Con todo lo que has conseguido, ¿te olvidas alguna vez de que tuviste un hijo? ¿Pueden tus posesiones hacerte olvidar el dolor? Si te casas con otra mujer ¿serás capaz de no volver a pensar en Luciano y de olvidar que Chloe es la única mujer a la que has amado?

Una pregunta con una respuesta muy deprimente: nunca podría olvidar a su hijo y a su mujer. La llevaba en la sangre.

Así que dejó de buscar y de salir con otras mujeres, y se concentró en la única cosa que nunca había dejado de darle satisfacciones: hacer dinero.

Se compró un nuevo Ferrari y un Bugatti clásico.

–¿Qué tenía de malo el Lamborghini? –preguntó su hermana Delia–. ¿Por qué tienes tres coches si sólo puedes conducir uno cada vez?

Irritado, respondió:

–Porque puedo permitírmelos.

Compró una casa en la orilla del Lago de Garda, una mansión a las afueras de Sirmione que había pertenecido a una estrella de Hollywood en la que cabía toda su familia junta.

–Ya nos has dado el chalet de los Alpes –le recordó Abree–. ¿Por qué compras esta casa cuando pasas la mayor parte de tu tiempo en Verona?

Él respondió que le gustaba gastar dinero en su familia. Bonita teoría, pero la realidad era que no le llenaba del todo. Había cumplido su sueño de tener más dinero del que podía gastar, pero ¿de qué le valía si no tenía lo más importante en la vida?

Capítulo 10

14 de abril, el año siguiente

LA PRIMERA vez que estuvo en Verona se enamoró de su historia y de un hombre. Allí pasó después las horas más amargas de su vida, y cuando se marchó, juró no volver, pero cuando puso un pie en la ciudad de Romeo y Julieta, se sintió como si acabara de llegar a casa, por fin.

Nico no tenía ni idea de cuáles eran sus planes. De hecho, ella tampoco lo tenía muy claro. No se habían puesto en contacto desde el pasado mes de agosto, cuando él se marchó de la casita del jardín y de su vida. Ella no sabía si había otra persona en su vida, pero sí que, en caso afirmativo, le costaría admitirlo. Chloe estaba dispuesta a correr el riesgo para probarle a él y a sí misma que estaba al mando de su vida y lista para enfrentarse a todo.

Sabía por su madre que él estaba en la ciudad. Jacqueline también le había dado su dirección, pero Chloe no esperaba que llegara a casa hasta después de haber acabado con su trabajo. Tenía todo el día para ella, lo cual le venía bien: había otro sitio al que tenía que ir, un lugar que había abandonado demasiado tiempo.

La luz del sol inundaba el cementerio, y cuando

llegó a la tumba de su hijo, se arrodilló en la hierba con un ramo de flores silvestres entre las manos. La suya no era la primera visita que había recibido Luciano aquel día: en la base de la placa de mármol con su nombre descansaba otro ramo tan fresco como el suyo.

Ella recorrió con el dedo las letras grabadas que componían el nombre de su hijo, se lo llevó después a los labios y rompió a llorar. No era el llanto convulsivo que había esperado, como si le arrancaran el corazón del pecho, sino un llanto sereno de lágrimas purificadoras que le dejó una sensación de paz que no había conocido en años.

Se quedó allí casi una hora y después volvió al taxi que la esperaba pacientemente para llevarla al centro de la ciudad. Una vez allí, paseó por las calles que le resultaban tan familiares como si no se hubiera marchado nunca y volvió a visitar algunos de los lugares en los que había estado con Nico el primer verano lleno de pasión que pasaron juntos.

La *trattoria* en la que habían comido juntos por primera vez seguía allí, en la placita soleada, al igual que la panadería sobre la que habían vivido él y sus hermanas de niños. Los geranios rojos florecían en los tiestos como cuando era su madre quien los cuidaba.

El mercado de la *Piazza delle Erbe* hervía de actividad. Él había robado dos mandarinas de un puesto de fruta, recordó, y se había echado a reír ante la expresión horrorizada de ella por el acto ilícito que acababa de cometer.

Después de eso, paseó hasta la sencilla casa del número 23 de la *Via Capello*, la famosa casa de los

Capuletos, con el delicado balcón de la ventana de Julieta.

–Tú eres mi Giulietta –le había dicho Nico la noche que se amaron por primera vez–, pero nuestra historia no será como la suya y tendrá un final feliz. Nos querremos hasta que seamos viejos.

Ella lo había creído entonces, y ¿por qué no iba a hacerlo? ¿Cómo iba a saber que sería su hijo y no ellos el que encontraría una muerte temprana y que eso los separaría?

Pero, Dios mediante, tal vez aún fuera posible que se cumpliera aquella promesa.

Cuando ella llegó a la calle donde vivía Nico, el sol se estaba poniendo. Vivía en un barrio caro, en una casa con la puerta negra. Las persianas venecianas interiores eran blancas y estaban colocadas de tal modo que podía observar sin ser visto.

Por un instante, Chloe sintió que las fuerzas que la habían llevado tan lejos empezaban a fallarle. ¿Qué ocurriría si la estaba mirando en aquel momento? ¿Se enfadaría? ¿Se alegraría? ¿Lo divertiría?

Sólo había un modo de comprobarlo. Tomando aire, echó a andar en dirección a la puerta y apretó el timbre de bronce de la puerta.

Él se tomó su tiempo antes de abrir la puerta y cuando lo hizo no pareció muy contento de ser molestado. Cuando reconoció a su visitante, borró de su cara cualquier rastro de expresión y la única respuesta a su presencia fue un rápido parpadeo. Se quedó allí, de pie, esperando a que ella hablara primero.

A Chloe le costó más ocultar su propia reacción. A pesar de que se había preparado para verlo, todo su interior se estremeció al verlo en la puerta. Se le heló la sangre en las venas y se le congeló el aire en los pulmones. Su pobre y agitado corazón latía con tal fuerza que su blusa se movía al compás.

Ella no podría decir lo que duró aquel silencio entre ellos. Lo único que sabía era que no podía apartar los ojos de él. Con una sombra de barba y el pelo revuelto estaba tan atractivo... tan deseable... tan remoto... y tan impasible ante su presencia. Estaba claro que tendría que ser ella la que rompiera el hielo, una metáfora que venía al pelo, puesto que no podía haberle dispensado un recibimiento más frío.

–¡*Ciao*! –dijo ella, probando con una sonrisa sencilla y relajada que no pudo ocultar su agitación–. Supongo que soy la última persona a la que esperabas ver esta tarde.

–Pues sí –y continuó mirándola del mismo modo inexpresivo.

Aún más incómoda tras su respuesta, se apoyó primero en un pie y después en el otro.

–Yo... hum... he llegado esta mañana.

No hubo reacción, ni curiosidad, ni interés.

Consciente de la desesperación que comenzaba a hacerse evidente en el tono de su voz, dijo:

–He ido a ver a Luciano hoy. Le he llevado unas flores a la tumba, pero ya había otro ramo.

Por fin se produjo una señal de que la había oído y que la estaba escuchando.

–Yo he ido a visitarlo esta mañana.

–¿Sí?

–Voy todas las semanas menos cuando estoy de viaje, igual que sus tías. No lo hemos olvidado.

Aunque su tono seguía siendo neutral, aquella frase tenía algo de golpe bajo.

–¿Acaso crees que yo sí?

–Intento pensar en ti lo menos posible –replicó él, cortante.

Estaba claro que no se lo iba a poner fácil en absoluto. Pero, la verdad es que tampoco tenía motivos para ello, después de haber intentado acercarse a ella en tantas ocasiones recibiendo sólo rechazos.

–Yo pienso en ti frecuentemente, Nico.

Él se encogió de hombros como si no le importara.

–¿Qué te trae a mi puerta, Chloe?

–Esperaba que pudiéramos hablar. Tengo muchas cosas que decirte –ella miró a su alrededor; dos puertas más allá, una pareja se besaba–. Pero me gustaría estar en un sitio más privado. ¿Puedo entrar?

Él volvió a encogerse de hombros y dio un paso atrás para permitirle la entrada.

–Gracias.

Pasar a su lado, tan cerca de su aroma, tan querido y familiar para ella, tuvo un efecto demoledor sobre sus sentidos y estuvo a punto de hacerla caer de rodillas. Agarrando el bolso con ambas manos, se quedó esperando en el recibidor a que él la llevara donde deseara.

–Estaba preparándome algo para cenar. Hablaremos en la cocina –anunció, y la guió por delante de un elegante comedor y una sala de dibujo, hasta el fondo de la casa.

Dándose prisa para seguirlo, ella sólo se quedó con una mínima impresión del decorado, pero los suelos de madera, las gruesas alfombras y las paredes cubiertas de madera le sugirieron un gasto a discreción combinado con una buena dosis de gusto.

La cocina parecía recién sacada de las páginas de una revista. Electrodomésticos empotrados, armarios lacados y encimeras de granito en tres de las cuatro esquinas de la sala, y en la cuarta, una barra con dos banquetas que separaba la cocina de una sala de estar con chimenea y cómodos sofás.

Abriendo una botella de Bardolino en la barra, él dijo con fría amabilidad:

–Me iba a servir una copa de vino.¿Quieres acompañarme?

–¡Oh, sí!, por favor –aunque normalmente no recurría al alcohol para calmar sus nervios, en aquel momento hubiera vaciado la botella entera. No había esperado que él cantara y bailara de contento al verla, pero tampoco había estado preparada para tan pétrea recepción.

Inconsciente, o más bien indiferente, ante la ansiedad que la invadía, él sacó dos copas del estante que había sobre la barra.

–¿Qué era lo que habías venido a decirme, Chloe? –preguntó con educación sirviendo el vino.

–La verdad es que no sé por dónde empezar –dijo ella, trepando a una de las banquetas para agarrar la copa con las dos manos–. Cristal fino para uso diario, apuntó ella sin darse cuenta–. Después de la última charla que tuvimos, no sé muy bien qué decir.

–Intenta hablar con sencillez. Supongo que si has dado la vuelta al mundo, habrá sido para algo más importante que visitar la tumba de nuestro hijo.

–No me estás poniendo las cosas fáciles, Nico.

–No estoy obligado a ello. Tú eres la que ha venido a visitarme y no al revés. La pelota está en tu campo.

Ella tomó aliento y un trago de vino antes de lanzarse.

–Quería decirte a la cara que tenías razón. Si me hubiera casado con Baron, hubiera cometido un error irremediable. Cancelé la boda el día antes de que se celebrara, el mismo que elegiste tú para salir del país sin decir nada. Si hubieras esperado unas horas más...

–No tenía ningún sentido –interrumpió él–. Habíamos llegado a un punto muerto.

–Sí. En ese momento, así era. Pero he reflexionado mucho desde entonces, Nico, y he pensado que... que tal vez pudiéramos encontrar una salida a ese punto muerto y empezar de nuevo.

–¿Has tardado ocho meses en tomar esa decisión? –bufó él–. ¿Qué ha ocurrido, Chloe? ¿Se te acabaron las opciones y decidiste que volver conmigo sería preferible a estar sola?

–¡No! –exclamó ella–. Dejaste claro que no había lugar en tu vida para una inválida emocional, así que no tenía sentido aparecer por aquí antes de superar eso.

–Desde luego –repuso él con frialdad–. Lo que dije, lo dije en serio.

–Igual que yo hace un momento –devolvió ella, con un rayo de ira–. Pero empiezo a preguntarme por qué me molesto. Si lo he dejado para demasiado tarde y tú has continuado con tu vida, dilo. No voy a cortarme las muñecas en tu cuarto de baño. Me sentiré herida y desilusionada, pero eso será todo. He sobrevivido a cosas peores.

Él se apoyó con los antebrazos sobre la barra. El nudo de su corbata de seda estaba flojo y el último botón de la camisa, desabotonado, pero su posición no resultaba despreocupada.

El ambiente estaba que echaba chispas y por último, él dijo algo con voz casi avergonzada:

–¿De verdad te llamé inválida emocional?

–No con esas palabras, pero cuando me dijiste que no tenía nada que ofrecer, ése fue el mensaje que recibí yo.

Él meditó su respuesta durante un par de minutos y después repuso:

–Si estar conmigo era tan importante para ti, ¿por qué has tardado tanto en decirlo? Casi ha pasado un año, Chloe. ¿Cómo sabes que no estoy con otra persona?

–No lo sé –admitió ella–, aunque la idea me ha atormentado durante meses. Pero si hubiera actuado por impulso, viniendo justo después de dejarlo con Baron... ¿Hubieras creído que lo hacía sinceramente?

–Probablemente no. Hubiera pensado que estabas huyendo de la situación en vez de correr hacia mí.

–Exacto. Por eso me tomé todo el tiempo que necesité para curarme yo primero, aunque eso significara aumentar el riesgo de que hubiera una tercera parte que reclamara tus atenciones –ella observó el vino en su copa, incapaz de ver sus ojos y consciente de que sonaba más a abogado en un tribunal que a amante hablando al corazón amado–. ¿Es eso lo que ocurre, Nico? ¿Hay otra mujer en tu vida?

–Ha habido otras mujeres desde el mes de agosto –dijo él.

Una punzada de dolor le atravesó el corazón, sintió las palmas sudorosas y una súbita necesidad de ir al baño. Su vejiga siempre había sido un indicador del nivel de estrés, y en aquel momento la sentía estallar.

–¿Y ahora?

Él se volvió a mirar una cazuela puesta al fuego.

–Ahora estoy haciendo sopa de pescado. Hay suficiente para dos, si te apetece.

No era la respuesta que había estado esperando, pero tampoco era un rechazo frontal. En ese punto, estaba dispuesta a tomar lo que él tuviera que ofrecerle.

–¿Es la receta de tu madre?

–Sí.

–Entonces me encantaría.

Él le lanzó una mirada no tan heladora como las anteriores y dijo, casi divertido:

–Veo que no te encuentras muy cómoda en esa banqueta, Chloe, no paras de retorcerte en ella. Tal vez te venga bien saber que el baño está a la izquierda de la puerta principal...

Ella se deslizó de la banqueta con más rapidez que gracia.

–Qué bien me conoces –dijo ella, dirigiéndose al pasillo.

Ella no era la única que necesitaba estar un momento a solas; él tampoco se encontraba en su mejor momento. Verla en su puerta había supuesto todo un shock y había tenido que luchar muy duro para contener al diablillo que le susurraba posibilidades esperanzadoras al oído. Tenía que mantenerse cauto e impasible, pues sabía que ella podía volver a romperle el corazón.

La experiencia del verano pasado le había enseñado que ella podía volverse hacia él cuando se sintiera insegura, pero de otro modo, se mantendría alejada. Eso le había bastado para mantenerse en guardia hasta pensar que las cosas serían de otro modo.

En cualquier caso, fueran cuales fueran sus razones, ella no se merecía que la trataran tan mal como la había tratado él antes, pero la verdad era que lo tenía aterrorizado.

Podía soportar todo el dolor físico, podía pelear con sus puños, pero sus grandes y ansiosos ojos, sus labios temblorosos, lo afectaban de un modo que le resultaba casi vergonzoso.

Si ella lo tocaba, si olía su perfume, eso le bastaba para olvidar a todas las mujeres del mundo.

Vació su vaso pensando en si volver a llenarlo de algo más fuerte que el vino. Deseaba creer lo que ella le había dicho hacía unos minutos. ¡*Dio*! Nunca había deseado algo tanto en su vida, pero primero tenía que estar seguro de lo que ella decía, llevarla hasta el límite para asegurarse de que no volviera a ser como las otras veces.

–Deja que te ayude –dijo ella al verlo ocupado con la ensalada.

–No –dijo, no queriendo que se acercara a él–. Eres la invitada.

–Deja entonces que ponga la mesa.

–Comeremos en la barra.

El suspiro que dejó escapar le llegó a Nico directo al corazón.

–Creía que estábamos avanzando algo.

–Tal vez –reconoció, pero sin quitar las barreras entre ellos del todo–. Pero iremos paso a paso. ¿Dónde te hospedas?

–El el hotel Due Torri Baglioni.

–Cuando era pequeño, en verano, esperaba a los

turistas en ese hotel para ofrecerme de guía turístico. Fue una de las empresas para hacer dinero rápido de mi juventud.

–¿Tuviste éxito?

–No. La gente que podía permitirse alojarse en ese hotel, no estaba interesada en contratar a un mocoso de catorce años para que les pasease por la ciudad en un carricoche atado a su bicicleta –rió amargamente–. Ahora podría comprar todo el hotel sin que mi cuenta corriente se resintiera, pero en algunos aspectos sigo siendo aquel chiquillo.

–Supongo que los dos hemos aprendido que la felicidad no se puede comprar.

–¿Tú también lo has comprendido? –dijo, mirándola fijamente.

–Sí –dijo ella, y volvió a suspirar–. Nuestra felicidad reside en nosotros dos y nada ni nadie más puede dárnosla.

Él dejó la ensalada sobre la barra y se volvió para remover la sopa.

Ella estaba diciendo lo que él quería oír, pero ¿era lo que sentía de verdad?

–¿Eres feliz?

Ella lo pensó un instante.

–Estoy contenta –dijo por fin–. Estoy en paz conmigo misma y con mi pasado, y eso es mucho para mí. Si eso es todo lo que tendré, ya será mucho, pero sería más feliz si... –ella se quedó callada con la mirada fija en la ventana.

–¿Si qué?

–He intentado corregir todos los errores que he cometido, excepto uno, y hasta que no me ocupe de él no seré realmente feliz –se detuvo y se mordió el labio–. Ya sabes por qué estoy aquí, Nico, pero si necesitas que lo diga en voz alta para que me creas, lo haré. Quiero que nos demos otra oportunidad, quiero que seamos felices juntos.

–¿Cuáles son las condiciones?

–No hay condiciones –dijo ella–.Te ofrezco mi rendición incondicional.

–¿Y si te digo que no seré generoso y no haré concesiones?

–Nico, quiero tener más hijos –dijo bajando la cabeza–. Estoy segura.

–Yo quiero tener la posibilidad de tenerlos. Una segunda oportunidad implica empezar desde cero, y si eso implica más hijos...

–Lo sé y estoy de acuerdo.

–¿Y ya? –dijo él, inclinado la cabeza, incrédulo–. Debes perdonar mi cinismo, Chloe, pero este cambio de actitud me tiene muy sorprendido. ¿Tantas ganas tienes de que volvamos a estar juntos que estás dispuesta a todo?

–No, no es eso –replicó ella, mirándolo a los ojos–, pero no espero que me creas sin más. No te estoy pidiendo que me dejes venir a vivir contigo ni que nos casemos. Lo único que espero es que en algún momento vuelvas a confiar en mí y como para que eso sea una posibilidad.

–Sabes que no me gustan las relaciones a distancia, Chloe. ¿Acaso has olvidado la última vez que intentamos llevar así nuestra relación?

–Imposible de olvidar –dijo ella, esbozando una sonrisa–. Las facturas telefónicas eran astronómicas. Lo que había pensado era vivir en Verona.

–¿Aquí?

–Sí. He vuelto para quedarme, tanto si me quieres como si no.

–Sabes que te quiero, *mia strega piccola*. Eso es lo único que no ha cambiado, pero ahora tú tienes una carrera.

–Tenía una carrera –dijo ella–. Me di cuenta de que lo realmente importante era solucionar mis problemas personales en lugar de los de otras personas. Me he despedido del bufete, he vendido mi casa y he empaquetado las cosas más importantes para mí: unas cuantas fotos, algunas cosas heredadas, mi ropa... llegarán a finales de la semana que viene. Me quedaré en el hotel hasta que encuentre un apartamento. Ya tengo el permiso de residencia temporal y si, al final de los tres meses que dura, aún no te has decidido acerca de lo nuestro, pediré un certificado de residencia permanente y un permiso de trabajo.

–No puedes ejercer la abogacía en Italia.

–Sí puedo si paso un examen, pero espero que no sea necesario.

Ella parecía segura de sí misma, llena de confianza, pero él atisbó una sombra de inseguridad en sus ojos y no pudo dejarla sufrir por más tiempo.

–Mi mujer no trabajará nunca para mantenerse –le informó con seguridad–. Se dedicará en cuerpo y alma a su marido y a sus hijos.

Se puso roja y sus ojos se llenaron de lágrimas.

–¿Qué significa eso exactamente, Nico?

–Que si eso es lo que quieres, has llegado a casa, Chloe. Dentro de poco nos convertiremos de nuevo en una pareja.

–¿Estás diciendo que nos casaremos?

–Sí, nos casaremos, y lo antes posible. ¿Cómo tengo que decírtelo para que lo entiendas?

–En vez de gritarme, podrías demostrármelo.

–¿Cómo?

Ella se encogió de hombros.

–Por lo menos, besándome.

Él se acercó a ella.

–¿Quieres un beso de verdad?

–Eso es cosa tuya –dijo, batiendo las pestañas provocativamente–. Tú eres el jefe.

–¿Te importaría firmarme eso, *signorina l'avvocato* para que quede constancia de tus palabras?

–Claro que sí. Te estoy entregando todo mi ser.

Él la agarró por los hombros y la miró a los ojos, más azules y bellos que el Adriático en verano. Vio la verdad que había en ellos, la confianza y las esperanzas depositadas en el futuro.

–Eso está bien –murmuró–, porque sin ti, *la mia inamorata*, no soy nada.

–Durante muchos años corrí para alejarme del dolor, pero en los últimos meses lo he hecho hacia la esperanza y la felicidad –confesó ella–. Hacia tus brazos, y ahora sé que estoy donde debo estar –ella inclinó la cabeza y la apoyó sobre su pecho–. Nico, no sabes lo bien que sienta salir por fin de las sombras.

–Lo entiendo mejor de lo que te imaginas, ángel mío –dijo él, sintiendo que el deseo empezaba a arder en su interior–. Dejé que lo más perfecto del mundo se me escapara de entre los dedos cuando te perdí y estuve a punto de perder la cabeza. Ahora que has vuelto a casa, no pienso dejarte marchar nunca más.

Capítulo 11

SE OLVIDARON de la sopa que seguía en el fuego y de la ensalada sobre la barra.

–¿No has dicho que teníamos que ir paso a paso? –dijo ella cuando él empezó a subir la escalera con ella en brazos.

–Imposible –rió él.

–Pero no he venido preparada para seducirte, Nico.

Él se detuvo en el umbral de la habitación.

–Si te preocupa quedarte embarazada, no tienes que preocuparte. Esta noche no concebirás y quiero que sepas que no te presionaré.

–No lo has entendido –dijo ella–. No estoy hablando de métodos anticonceptivos. Si me quedo embaraza esta noche, no me importará –se alisó la blusa de algodón, arrugada después de todo el día con ella puesta–. Pero me hubiera gustado estar más bonita para ti. Después de todo lo que pasó el verano pasado, habría querido que la segunda primera noche de nuestra vida fuera romántica y perfecta.

–*Cara* –dijo él–. A mis ojos esta noche será perfecta de cualquier modo, pero si necesitas algo más romántico, dime qué es lo que quieres.

–Oh, nada muy sofisticado –dijo ella, rodeándole

el cuello con los brazos y besándolo en los labios–. Un baño caliente ayudaría mucho.

Él la dejó en el suelo y la condujo hasta una puerta al fondo de la habitación.

–Mi casa y todo lo que hay en ella es tuyo, Chloe. Te estaré esperando.

Ella no tenía prisa por volver a su lado porque sabía que nunca había estado tan segura de algo en toda su vida y quería hacer que durara el máximo posible para guardar aquello como un momento precioso entre sus recuerdos.

Se lavó el pelo mientras se llenaba la bañera y disfrutó de la intimidad de usar su champú y sus toallas. En lugar de sales de baño, añadió al agua de la bañera unas gotas de su aftershave para después sumergirse en él hasta que no quedó intacto ni un milímetro de piel. Una vez allí, disfrutó pensando en la noche junto a él que la esperaba.

Cuando él llamó a la puerta uno rato después para saber si aún seguía allí, ella se encontraba más que preparada para el siguiente paso de aquel ritual de cortejo.

Salió a la habitación envuelta en una toalla aterciopelada, pero se detuvo en seco antes de dar el segundo paso.

Él había estado ocupado mientras ella se duchaba: la habitación estaba iluminada por más de una docena de velas de té que flotaban dentro de copas de cognac llenas de agua. En el suelo había un camino de pétalos de rosa color crema que llevaban hasta la cama, y su esencia llenaba la habitación.

Él estaba al lado de la ventana, desnudo excepto

por la toalla blanca que llevaba enrollada a la cintura. Su pelo brillaba a la luz de las velas.

–Si me hubieras dicho que te pensabas duchar tú también –dijo ella, dándose cuenta de que no era un sueño–, podía haberte dejado un hueco a mi lado en la bañera.

Su risa cálida inundó la habitación. La abrazó.

–¿Una ducha fría para mi amada? Mejor no, ahora vamos a hacer el amor.

Todo era tan idílico que ella no podía creer que fuera real.

–¿Estamos juntos, verdad? ¿No es una mala pasada de mi imaginación?

–Sí, *mia moglie*. Vamos a empezar de nuevo, como lo habíamos soñado. Había pensado en poner champán a enfriar, pero quiero que tus sentidos estén bien despiertos para hacer esto. No quiero que mañana haya reproches ni lamentos.

No había esperado que fuese él el que necesitase seguridad. Siempre se había mostrado tan confiado y positivo que nunca había pensado en que dudase de su habilidad para hacer que ella le entregara su corazón aquella noche.

–No habrá reproches, amor mío –dijo ella, acercándose más a él y dejando caer al suelo la toalla que la cubría–. No cambiaré de idea en el último minuto.

La sonrisa de Nico la desarmó, tan dulce y tierna. Él soltó el nudo de su toalla.

–¿Cómo puedo estar seguro de ello?

Ella le colocó las manos sobre el pecho, inclinó la cabeza y besó sus músculos bajo la piel olivácea y la acarició con sus mejillas.

–¿Esto te sirve?

Su cara no cambió de expresión, pero la poderosa erección de su miembro lo traicionó.

Motivada por un placer que no había sentido antes, deslizó las manos por su espalda, bajó por su columna vertebral y llegó hasta su trasero mientras recorría con su lengua el camino desde el pecho hasta la cintura.

–¿O esto?

Su gemido la animó a continuar; besó su ombligo con la boca abierta y continuó hacia abajo depositando miles de besos suaves en el triángulo entre sus caderas.

Sus dedos se enredaron en el cabello de Chloe.

Metiendo las manos entre sus muslos, buscó su punto más vulnerable y lo lamió en la punta.

–¡Ya es suficiente! –exclamó él, sacudiéndose con la violencia de un terremoto–. Ya me he convencido.

Ella también estaba temblando, pero de ansiedad y deseo.

Su cuerpo recordaba el de él, el modo en que se ajustaban uno al otro, su suave calor femenino contra su fuerza masculina en perfecta armonía. Él la rodeó con los brazos, posesivo y cuando por fin empezó a besarla, se dio cuenta de que no se cansaba nunca del sabor y la textura de su boca. El infierno de su separación se esfumó y ella se sintió a punto de entrar en el cielo.

Ella no se dio cuenta de cómo llegó a la cama cubierta de pétalos de rosa con él. Lo único que sabía era que los juegos eróticos de las manos de él contra sus pechos, su cintura y su cadera estaban haciendo que su cuerpo reaccionara con una húmeda sensación.

El ritmo ondulante que mostraba la entrega completa latía con tanta intensidad en su interior, que un roce de su boca contra su centro, una caricia de su lengua, serían suficiente para hacerle volar hasta otro mundo.

Jadeando y agarrándose a él, se rindió a la ola del éxtasis que la cubrió. Podía oír sus propios gemidos muy lejanos y a Nico pronunciando su nombre y otras palabras eróticas en italiano:

–Chloe... Chloe... *tesoro*...

Cuando por fin entró dentro de ella, lo hizo con la reverencia de un hombre al entrar en un templo sagrado, limando con cada penetración el dolor incrustado en su alma.

Ella abrió los ojos y lo miró. La luz de las velas enviaba brillos dorados a su piel y llenaba sus ojos de un fuego oscuro.

–Te quiero, Nico –suspiró.

Hundido en lo más profundo del cuerpo de ella, Nico incrementó el ritmo de sus caderas, que se llenó de urgencia. Y ella, atrapada en la fiereza de su posesión, se sintió transportada una segunda vez, entregada completamente a él

El placer la invadió como una espiral, desafiando a sus intenciones de contenerla, hasta adentrarse hasta lo más profundo de sus sentidos. Ella gritó suavemente, cegada por su poder, incapaz de oír nada más que la sangre golpeando en su cabeza, al notar la semilla caliente de Nico correr libre en su interior.

Él llenó no sólo su cuerpo deseoso, sino todos los huecos vacíos de su corazón. Por primera vez desde hacía años, volvió a sentirse completa.

Derrotada por la catarsis emocional, se abrazó a él

y rompió a llorar. Él comprendió la razón, la apretó entre sus brazos mientras rugía la tormenta en su interior y consoló sus gritos con besos hasta que se calmó.

Más tarde, medio dormida entre sus brazos observando la luna brillar a través de la ventana, murmuró:

–Me siento como si nunca hubiéramos estado separados.

–Cariño –dijo él, abrazándola fuerte–, en mi corazón nunca nos divorciamos, sólo que me ha costado un tiempo convencerte de ello.

Capítulo 12

DECIDIERON casarse en verano.

–Pero algo sencillo –pidió Nico–. Sólo la familia y algunos amigos.

El problema era que tenía tanta familia y tantos amigos que se habían perdido su primera boda, que les costó redondear hasta cuarenta adultos y trece niños.

–Trece y un tercio, a decir verdad –susurró Nico la semana antes de la boda, colocando su mano sobre el vientre de Chloe–. Pero ése será nuestro pequeño secreto durante un tiempo.

Ella nunca había conocido tal felicidad serena.

–No se preocupe, *signora* –le había dicho el ginecólogo aquella misma mañana–. Las probabilidades de sufrir otra tragedia como la de su primer hijo es tan pequeña que no debe pensar en ello. Todas las razones están de nuestro lado para pensar que este niño crecerá sano y fuerte como su padre, o tan bella como su madre.

Jacqueline y Charlotte llegaron a Italia sólo dos días antes de la boda.

–Tiempo suficiente para recuperarnos del desfase horario, pero no para que hagamos ningún daño –explicó Charlotte con aire travieso–. Pensamos que no debíamos venir antes después del desastre que provocamos la última vez.

Pero nadie podía quitarle a Chloe el aspecto radiante y la felicidad. Las hermanas de Nico le habían dado de nuevo la bienvenida a la familia, más de lo que ella creía merecer, y se habían lanzado en cuerpo y alma a los preparativos para la boda, como apoyo incondicional a su matrimonio.

–Esta vez no te preguntaré si estás segura de lo que vas a hacer –dijo Jacqueline con cariño cuando Chloe fue a ayudarla a desempaquetar su maleta–. Esa cegadora sonrisa lo dice todo. No te negaré que tu abuela y yo pasamos un par de noches de angustia cuando viniste a Verona sin saber cómo te recibiría Nico. Me alegro de que las cosas hayan ido bien para vosotros. Nico y tú estáis hechos el uno para el otro y sé que seréis muy felices.

Monica viajó con su marido para asistir a la boda, pero le pidió no ser dama de honor.

–Necesitaría una tienda de campaña para cubrir esto –dijo señalando su embarazo de ocho meses de su tercer hijo.

Pero no faltaban niñas para llevar las flores: las sobrinas de Nico, desde los dos a los seis años, estaban encantadas de poder vestirse de princesitas y tener un papel importante en la boda.

Los niños se enfadaron porque ellos nos tendrían nada que hacer y Nico les propuso que fueran sus acompañantes.

–Estaréis a mi lado y os encargaréis de mantener a las chicas a raya.

Él y Chloe eligieron casarse en la mansión del Lago de Garda.

–Fuera, si es posible –sugirió ella–, en la terraza al borde del agua.

–Lo que quieras, cielo mío –dijo Nico, seduciéndola con su sonrisa ante todo el que estuviera mirándolos–. Y si llueve, podremos entrar dentro. Hay sitio para todos.

–No podías haber encontrado un sitio más bonito para casarte –suspiró su madre asomada a la balaustrada de piedra que miraba al lago–. Estas vistas son de cuento de hadas. Espero que haga buen tiempo mañana.

Y así fue. Ni siquiera se levantó una suave brisa sobre el camino de pétalos de rosa, de color crema a juego con el vestido largo de Chloe, ellos sabían bien por qué había elegido ese color, que llevaba desde el interior de la casa hasta el altar en el que los novios se dieron el «sí, quiero».

Los acompañantes de Nico asistieron muy serios a la ceremonia, al igual que las niñas, preciosas con sus coronitas de capullos de rosa.

Chloe eligió la quinta sinfonía de Tchaikovsky para acompañar su entrada. Aunque las mujeres se pusieron sentimentales, cuando ella salió de la casa, sus lágrimas se tornaron en risas al ver que la más pequeña de las damitas de honor, aburrida de pasear por la alfombra roja, decidió ir a sentarse en la hierba.

Chloe sabía que su familia más cercana sospechaba su embarazo. Se había encontrado mal durante todas las mañanas de aquella semana y según sus cuñadas, tenía aquel aire delicado de una mujer embarazada de poco tiempo.

Pronto sabrían que estaban en lo cierto, pero aquel día no era para el bebé, sino para Nico y para ella, que no tenían ojos sino el uno para el otro. El sacerdote tuvo que toser dos veces para que dejaran de mirarse y se volvieran hacia él.

Quince minutos después eran marido y mujer a los ojos de Dios y de la autoridad pública. Ni la familia de Nico ni la suya hubiera visto con buenos ojos que hubieran tenido un hijo fuera del matrimonio, pero a él le hubiera encantado hacerlo público a gritos a todos los asistentes a la boda.

–Te quiero –dijo ella antes de intercambiar su primer beso como marido y mujer en casi media década.

Y aquel beso fue tan maravilloso como para hacerles olvidar todos aquellos años de soledad en que estuvieron apartados el uno del otro.

El banquete de bodas empezó cuando el sol empezaba a esconderse tras las montañas, así que los camareros encendieron unas antorchas de queroseno para iluminar la escena y los deliciosos platos que los invitados estaban a punto de degustar: marisco, ravioli con langosta con una crema de albahaca y cognac, *gnocchi* de cangrejo y otras deliciosas pastas acompañadas por la mejor selección de vinos de la tierra.

El postre estuvo a la altura de los mejores restaurantes de Italia, y no faltó el tiramisú, *zabaglione*, pastas venecianas, fruta, queso y seis tipos de *gelato* distinto para delicia de los niños.

–Nuestra salud no nos dará las gracias por esta comida –dijo Jacqueline a Charlotte–, pero ya nos ocuparemos de eso mañana.

Los músicos amenizaron toda la cena con la mandolina y el acordeón, y hubo risas, cánticos, brindis, discursos y un montón de tarjetas de felicitaciones, una de ellas de Baron, que no había podido asistir a la boda por encontrarse ocupando un nuevo puesto al mando del bufete de su abuelo. Chloe pensó que la señora Prescott debía estar orgullosa.

Más tarde, cuando la luna brillaba en lo más alto del firmamento y los niños estaban acostados, Nico tomó en sus brazos a Chloe para abrir el baile.

Sintiendo el anillo en el dedo y la mano de su marido sobre su fina cintura, Chloe lo miró a los ojos y vio allí un futuro lleno de promesas. Supo que la mayoría serían buenos momentos, aunque también los hubiera malos, pero se enfrentarían a ellos juntos.

Esta vez, sí era para siempre.